回首

又见他

水何采采 — 著

H U I S H O U Y O U J I A N T A

YUANFANG 远方出版社

图书在版编目（CIP）数据

回首又见他 / 水何采采著. —呼和浩特：远方出版社，2017.7
（紫水晶情感小说系列）
ISBN 978-7-5555-0928-8

Ⅰ．①回… Ⅱ．①水… Ⅲ．①长篇小说－中国－当代 Ⅳ．① I247.5

中国版本图书馆 CIP 数据核字（2017）第 154173 号

回首又见他

HUISHOU YOU JIANTA

作　　者	水何采采
责任编辑	李　可
责任校对	李　可
出版发行	远方出版社
社　　址	呼和浩特市乌兰察布东路 666 号　邮编 010010
电　　话	（0471）2236471 总编室　2236460 发行部
经　　销	新华书店
印　　刷	三河市华东印刷有限公司
开　　本	155mm × 225mm　1/16
字　　数	190 千
印　　张	14.75
版　　次	2017 年 7 月第 1 版
印　　次	2017 年 8 月第 1 次印刷
标准书号	ISBN 978-7-5555-0928-8
定　　价	36.00 元

目录

第一章　除却巫山，飞来片云

周一清晨，北京时间8点45分。

高级住宅区“雅典圣苑”小区的附近。

一个高个子长头发的白风衣女子，正用双臂箍着一个被包成粽子的小孩在路边拦车，金黄色的梧桐树站在她身后，扬起下摆的白风衣和风中的黄叶形成一幅动态景致。

大风刮过，她为了给孩子挡风将身体背过去，黑发随风飘扬。

时候不赶巧，由于今天是周一，又正好赶上上班高峰期，以至于一辆又一辆出租车从她眼前呼啸而过，却偏偏没有一辆空车。

她的眉心先是微蹙，再是深锁，紧接着狠狠地跺了跺脚，竟抱着小孩冲到马路中间。于是，只听到一声尖利的刹车声，紧接着，便是一个中年男子在车中气急败坏地破口大骂声：“瞎眼了！”

她还未开口，那辆车便疾驰而去。

她只得退后几步，将怀里的孩子拢紧了些，一只手抚上孩子的额头，再摸一下自己的额头，嘴唇上迅速鼓起一个水泡。

她依旧没有放弃，一手抱孩子，腾出一只手遇车便拦，但依旧没有车停下来。

透过车窗玻璃看到此景的梁绍禹突然觉得心中一软，驱车到她面前，放下玻璃窗，淡淡地问："要上车吗？"

她看了一眼梁绍禹的宝马，瞬间双目圆瞪，怔怔地盯着梁绍禹俊朗的面孔，一双干净的瞳孔迅速放大，像是含着化不开的忧愁，回忆起什么似的，却在下一刻不客气地开车门，一屁股坐在副驾驶上，语气里满是焦急："去康安医院，谢谢，要快！"

梁绍禹侧过脸看了一眼这个长得并不讨厌的女人，在飞驰过一个高架桥后，无奈地驶入水泄不通的路段。他的车开始像蜗牛一般挪一步，刹车，再挪一步，再刹车，她手里的孩子迷糊而痛苦地呻吟着："妈妈。"

梁绍禹惊讶于这个孩子的呻吟声：难过，却在隐忍，像个小大人。

她一直抱着孩子，时不时地拍着孩子的后背，以尽可能温柔的语气哄着他，"延延，快到了"，"延延你要挺住"。惹得梁绍禹不由地打量着那个小男孩：脸蛋烧得粉红，大眼睛深邃，睫毛很长，不像别人，倒与他儿时的照片有五六分相似，女人的五官却与孩子截然不同，梁绍禹好奇道："孩子像他爸爸吗？"

她脸上泛着幸福的光辉："是呀，很像。"

梁绍禹忍不住想问她——孩子病成这样，他爸爸就心安理得地去上班了吗？

出于礼貌，他微笑着沉默。

"雅典圣苑"乃别墅住宅区，在此处安身的，不是有钱人，便是……这个女人看上去不过二十六七岁，那么……梁绍禹心里不舒服起来。

"孩子怎么了？发高烧了吗？"梁绍禹淡淡地望着前方的道路问。

她垂下头，抚摸着孩子的前额："高烧，三十九度五。"

正说着，她的电话铃响起，刚接起电话，震耳欲聋的吼声穿过手机："金刚妹，你在哪！"

她将电话挪得离耳朵远了一些，习惯般地说："在路上，延延又病了……"

"他病了你就随便坐陌生男人的车吗！打我的电话你的手会长鸡眼吗！"电话那头的声音依旧气急败坏。

梁绍禹开始猜测对话人的关系。夫妻？不是；男女朋友？不太像。电话中的人的说话方式完全像个没长大的孩子。这个人显然是在追求她，且追得如此明目张胆。那么，她的丈夫呢？

"你能注意点你的语言吗，吵死了，现在是上班高峰期，等你过来，延延早就烧成烤红薯了！"她抗议着。

"你向右转头！不是，向左！"电话那头叫嚣着。

梁绍禹窃笑，向左看了一眼，发现自己邻侧的墨绿色吉普车上，一个戴棕黑色墨镜的年轻男子正手舞足蹈着。

"金刚妹，你过来坐我的车！"墨镜男正指着自己的副驾驶座。

正在这时候，她怀里的小男孩说话了："妈妈，让家琪闭嘴，太吵了，我要坐这个叔叔的车。"

她歉意地笑笑，认真地问梁绍禹："对不起，我可以继续搭您的车吗？"

梁绍禹笑得一脸和煦，镜片下的眸子里漾着自信与宽和："没问题。"

她怔怔地抬头，打量着梁绍禹英俊儒雅的侧脸，呼吸有些杂乱，挂掉喧闹不止的手机，倚着车座后背，低头搂着孩子发呆。

梁绍禹笑问："孩子几岁了？"

小男孩迷迷糊糊地回答："叔叔，我四岁。"说完，眼皮沉沉地合上，闭眼昏睡。

梁绍禹若有所悟："嗯，看你年纪轻轻，你孩子该叫我伯伯吧。"

女人坚定地回答："他爸比你大。"说完，轻轻抚摸着孩子微红的小脸。

红灯变绿，水泄不通的道路也稍微通畅了一些，梁绍禹的车速也稍微快了些。

他灵敏的鼻子也嗅出了车中新增的各种味道：牛奶香、药香、洗衣粉香气，唯独没有男人的味道，这个女人的丈夫怕是早已亡故。

康安医院距离"雅典圣苑"并不远，眼看临近医院大门，梁绍禹掏出自己的鹅黄色名片递给她："有事记得找我。"

她双手接过名片，迅速塞入风衣口袋里，勉强微笑时，露出一对俏皮的小兔牙。

待车驱入急诊大楼前，她弹簧似的蹦出车门，远远地留下一句"谢谢你！"便冲刺似的抱着孩子向大楼飞扑过去。梁绍禹刚要跟上去，便见一只粗壮的手臂结结实实地挡住了他的去路，抬眼一看：棕黑色的墨镜，桀骜跋扈的脸部轮廓，一身休闲的松垮街舞式外套。果然是刚才在吉普车上叫嚣的男孩子。

"干吗去？"男孩子唾沫星子乱飞，溅在了梁绍禹的无框架眼镜上。

梁绍禹取下眼镜擦拭时，却听这男孩子大叫一声："梁……梁叔！你还活着？"

梁绍禹有些疑惑地微笑："尚且健在。可是，你为何管我叫叔？"他瞄了一眼白风衣女子，她已抱着孩子飞奔到急诊大楼门口。风大，她的风衣随风飘摇，他鹅黄色的名片就如一片树叶似的从口袋中飞出，慢悠悠地落在地上，被打扫卫生的大姐顺手扫进簸箕里。

家琪将梁绍禹仔细打量一番，有些失望地摇头，“不是梁叔啊。走了，没空理你！”说完，便小跑着去追那个白风衣女子。

梁绍禹扫了一眼载着自己名片的簸箕，正在这时候，宁谧轻和的爵士乐响起，绍禹接起手机，便听到自己的项目总监顾菲在电话那头心急火燎地提醒着：“梁总啊，顽主网络公司的顾总马上就到湘化胡同了，您看是不是……”

梁绍禹看一眼自己的手表，已是10点25分，离约定的时间还差5分钟。

“你先招待。”梁绍禹淡淡一笑，缓缓开车门上车，回望一眼急诊楼，驱车离开。

汽车刚驶出医院，北京的交通就免费赠送给梁绍禹一场豪华的颜色盛宴：黑色、银色、宝蓝色、红色、金色、白色、孔雀绿，倒也齐全。

露天场地的“蜗牛”音乐会正在举行，可惜乐曲只是呜呜的鸣声。

看一眼手表，二十分钟已经过去。梁绍禹慵懒地打了个哈欠。这是他这个月以来约见客户的第三次迟到——这个月，他一共约见了三个客户。

第一个客户折服于他绍禹广告公司的品牌和浪漫瑰丽的创意，第二、第三个客户则折服于他温良无害、谦谦如玉的微笑……

此时，当月第四位客户顾长青已迈开长腿踏入大红木门里。踩着藤萝掩映的贝壳铺就的曲曲小路，踏上颤悠悠的小木拱桥，桥下清溪泻雪。再穿过一个圆月形上书“水月洞天”的朱红拱门，便是嶙峋怪异的白石假山。假山中央有八角古亭，金柱丹漆。

顾长青在凉亭中坐定，先是欣赏着眼前的一排翠色欲滴的斑竹，打量着凉亭对面各色鹅卵石铺就的水帘墙——水帘墙上水流淙淙，击打在底端形状怪异的石头上，飞溅出一串串透亮的水花，像水钻似的。远离熙熙攘攘的车流人群、人造的种种刻意繁华，抛开车尘尾气和风沙，这里倒是个绿色氧吧。

在这种环境下谈生意，顾长青那张英俊又不失书卷气的脸舒展开来。他是南方人，去过苏州，精致的园林他见过很多，但是，凉亭里的青花鼓墩看上去平常，坐下去却是暖的，显然鼓墩里另有玄机。邂逅此深秋时节，顾长青的眼角不易察觉地流露出一丝笑意。

“顾总，请喝茶。”顾菲从茶盘中取下紫砂小茶壶，精心修磨过的指甲没有绚丽的花色，却干净而柔和。

“多谢顾总，不过，我有一问，为什么是铁观音？”顾长青剑眉一扬，不动声色地打量着顾菲纤细的手指。

——顾长青来自盛产西湖龙井的杭州。

顾菲莞尔一笑：“这里什么茶都有，上好的西湖龙井欢迎您春夏来喝。可是这深秋时节，绿茶偏凉，所以龙井、碧螺春、毛尖不合适，喝红茶、黑茶的话，很多成功男士日理万机，事情一多，就容易上火，那么红袍和普洱便不合适，算来算去，只有青茶受众群体更广些，也更适合你们这些成功人士。”

顾长青哈哈一笑，颇有深意地赞道：“有意思，梁总家的强将都是才色双全的吗？”

顾菲依旧微笑，洗杯、落茶、冲茶、刮泡沫，每一个环节都很娴熟。当金黄浓艳的琥珀色茶汤倒入顾长青的小紫砂杯中时，梁绍禹依旧是不见踪影。

顾长青的视线从那个项目总监的脸上逐渐转移到自己的梅花手表上，清秀的眉毛开始抽紧，梁绍禹的项目总监顾菲只得指着水帘墙说：“请看。”

幻灯片已经投映在流动的水帘上面，顾长青的游戏公司新推游戏的特点、针对的人群、竞争对手公司的特色，以及游戏玩家的喜好、习惯等全部在水帘上显现。仙剑气氛在这氛围中立刻浓郁起来。

顾长青终于知道这里为什么叫水月洞天了。

水影缕缕动，幻灯影像如神话中的图像，顾长青的眼角、唇角尽是满意。

顾长青再从茶盘上取一小杯琥珀色的茶汤，一口饮下，又寒暄了一阵，梁绍禹依旧不见人影。顾长青再看一眼手表，满意之笑变为冷笑。

正在这时候，一声滑糯的男中音远远响起："对不起，我迟到了。"

只见梁绍禹笑得一脸春风，迈着闲适的步子穿过小木桥。

顾长青俊秀斯文的脸却笑得一脸客套："大老远让您亲自来，真不好意思。"

顾菲媚颜如花，启唇露出一口贝齿，笑着解释道："对不起，今天一大早梁总就出发了，可今天的交通太堵了。"

"没关系，贵公司的 PPT 我已经拜阅了，也该告辞了。"顾长青抬腿便要走人。

梁绍禹不慌不忙，笑着踏入古亭，一只优雅的大手伸出来："顾总，我不经常会客，这里也经常闲置，可是今天精心布置了一番，也给您提供了半个小时的时间让您享尽屋内春色，原来您不解风情啊。"

顾长青不由地望了一眼这个优雅的男人，不知他卖的是什么关子。

梁绍禹的手臂冲着假山下的一套古宅轻轻一挥："请随我入'杏帘在望'。"

顾长青见那古宅的牌匾上书有颜体的大字“杏帘在望”，虽不知道是《红楼梦》里的词，却觉得新鲜好听，竟随着梁绍禹走入了古香古色的室内。

开门，便有阵阵香气飘过，玫瑰香气熏得他荷尔蒙激增，顾长青还未反应过来，便见一个窈窕的白衣女子手抱琵琶，低头半遮着面容，莲步轻移，裙裾微动，回风舞雪般蹁跹而来。

顾长青情不自禁地低眼窥探起琵琶后的容颜。

梁绍禹志在必得地一笑：“娉婷，抬起头来。”

白衣女子抬头，脸依旧半遮着。顾长青看到一双秋水眸子半张桃花脸。

云鬓花颜金步摇，芙蓉帐暖度春宵。顾长青脑海里蹦出一句唐诗。

梁绍禹轻抬一下眼镜，转身就走。

顾长青咽了一口唾沫：“等等，咱们不是来谈生意的吗？”

梁绍禹扭头浅笑：“顾总已看过 PPT 了，至于绍禹广告的价格，您知道的。” 说完，头也不回地带着顾菲大步离开，关上朱色大门的时候，助手顾菲忍不住有些怀疑地问：“ 梁总，这单生意真的没问题吗？”

梁绍禹不动声色地一笑。一面笑着，头上忽然一紧，视力也迷糊起来。脚下忽然间像踩了棉花似的，眩晕得像上了颠簸的船上，又像是整个世界都摇摇欲坠似的，只得扶着额，倚着车门站下。

顾菲见状，急忙挽住他的胳膊，一面打量着他略带苍白的脸色，紧张地问：“梁总，你怎么了？”

梁绍禹依旧扶着额头，勉强笑道：“没事。”

顾菲愤然从梁绍禹的手指上摘下车钥匙，酸溜溜地嗔怪道：“梁总昨晚想必又没睡好吧。”

梁绍禹自然知道顾菲话中的含义，歉意一笑：“还好。”话音未落，一阵眩晕感又狂风大浪似的袭来，使他的脑袋一紧再紧，胃里翻江倒海，呼吸也吃力起来。

“梁总！不要紧吧？”

顾菲只得腾出一只手匆匆开车门，吃力地扶着身高足有183厘米的梁绍禹坐到副驾驶座上，梁绍禹被动地倚着座位，喘着粗气。

顾菲忙从他的包里掏出一个白色无包装的小瓶，拍出两粒药片送到梁绍禹的唇边，重重地埋怨一声：“活该。”

梁绍禹缓缓地吞下药片，顾菲细细端详着那张微带痛苦的俊脸，从自己的包里掏出一个矿泉水瓶大小的氧气瓶，熟练地将罩口戴在他鼻唇之间，大约十分钟之后，把着方向盘，劝说道：“好些了吗？回家休息吧。”

梁绍禹闭目养神，懒散地摇摇手指。

顾菲再问：“回公司？”

安安分分待在公司似乎不是他的风格。

梁绍禹再摇食指，将氧气罩取下，闭目笑问：“会打高尔夫球吗？”

顾菲抚摸着方向盘，仔细地品味着梁绍禹的话，顺从地回答：“你教我的。”

梁绍禹睁开眼睛，镜片后的眸子深不见底：“很好，去风源路。”

顾菲侧过脸打量着梁绍禹镜片下那懒散而深邃的目光：“你真的没事？”

梁绍禹浅浅地勾起唇角：“当然。”

顾菲嘴唇一嘟：“不去！”

梁绍禹一听，摊手："好吧，那我带 CICI 去。"

顾菲只得提高嗓门："老同学，你……"

梁绍禹用一脸无辜的表情看了一眼顾菲，慵懒地将双臂往后座上一靠，枕着手臂开始小憩。汽车发动起来。才一闭眼，白风衣女子看到自己时的惊骇眼神便在他眼前浮现，女人的眼睛很大，纯真又慈爱，与其他的美女不一样。

此时，白风衣女子正在医院的病房里，一边用酒精擦拭着儿子白嫩的小手，一面忍受着两千只鸭子般的聒噪。

陈家琪正把着凳子边儿叉腿反坐着，身子不停地随着白风衣女子的视线晃来晃去，乐此不疲地拷问着："胜男，胜男，你和那个四眼田鸡什么关系？你和那个四眼田鸡认识多久了？"

过了一阵，他又开始聒噪："胜男，胜男，你和那个四眼田鸡发展到什么程度了？那个四眼田鸡为什么会一大早来接延延？为什么不找我？"

延延睁开眼睛，只见家琪一双眼贼光闪闪，忍不住噘着小嘴说："他是我妈妈的男朋友，就算两人干了什么，你管得着吗！"

胜男手里的酒精棉棒便是一松，滑落到地上。她眼前第无数次浮现出亡夫昔日儒雅俊朗的笑颜：修长入鬓的眉，深邃而含笑的眼，一切的一切，竟与今天送他们来医院的那个男人那么相似。

"你胡说什么！谁教你的！"胜男嗔怪着，手心迅速渗出一把黏丝丝的汗液。

"啊！"陈家琪大叫一声，惹得病房外路过的护士手一滑，一盘药针都倒在了地上。

陈家琪深吸一口气，指着延延的鼻子说："臭小子，我不受你挑拨，"说完，指着胜男，"你到底在家看什么电视剧了，四岁的小屁孩都学会这个了？”

胜男摇头：“我哪有时间看电视剧？”

延延恹恹地揉揉眼睛：“嗯，我哥哥不是经常看那个吗。”

“啊？”胜男一听，眉头一紧，心被生生揪起来。

延延所谓的哥哥，是胜男的亡夫梁少游生前收养的孩子，丈夫死后，他由一个二年级的小拖油瓶成长为大拖油瓶，与胜男相依为命至今。

胜男盯着延延提高嗓门审问道：“你说你哥哥在看什么！他才上初一！他怎么可以带着你看！”

吼出来之后，胜男有些心疼地看着正在打点滴的心肝宝贝的纤细手腕，轻轻揉搓着。

家琪哼哼一笑：“胜男，你思想很龌龊嘛！”

胜男一挽毛衣袖子，横下心继续审讯：“延延，你快说，说不明白的话，连你也家法伺候！”

延延却一脸的懵懂：“看看动漫，不对吗？”

胜男从铁盒中取出一块酒精棉，仔细地给延延擦拭着纤细的小胳膊，擦拭完毕，瞪了延延一眼，捏捏手骨关节，啪啪作响：“乖，快招。什么动漫？”

“我不出卖哥哥！”延延闭上眼睛，浓眉的眼睫毛密实地盖住他的眼睑。

“别生气了胜男，看成人片有啥啊！”家琪一脸的不解。

“不准纵容！”胜男戳了一下家琪的胸口，“那么小就看成人片，长大还不得成小流氓，那我怎么对得起他爸爸？”胜男一边说着，忽然想起了什么，急忙去摸墙上挂着的白风衣口袋。

“干吗！”陈家琪忽然有一种不祥的预感。

从五年前到现在，他对她的好从来都没停止过，可是，她只把他当亡夫的外甥。他还不想这样结束。

忽然，胜男的手机响了，她瞄一眼手机屏幕上的来电显示，神色郑重地接起电话，声音带着几分惶恐和几分敬畏：“您好，王编辑找我有事吗？”说完，看了一眼正躺在床上打点滴的延延，推开病房门，顺手将门轻轻带上。

电话另一头，一个挑剔的男声传来：“对不起，卓胜男老师，您的那本稿子，我们审核没有通过，不能出版了。”

胜男捏着手机的手指关节啪啪作响，心头忽然就生起一个又红又旺的火炉，火炉烧得炉壁通红，打开炉盖子，滋啦一声就升起一股几丈高的烈火——当初口口声声说你文笔好，把你夸得天花乱坠，看来，那都是一张空头的支票。

“卓老师，您在听吗？”电话那头，王编辑心安理得地问。

今天的天气不错，医院病房的走廊里却没什么光线，偶有病房开门时光线映照下的人的黑影闪过，这样的景象收入胜男的眼底。

胜男深呼吸一下，一手握着手机，一手紧捏着拳头，黯然地说：“可是，那本稿子我已经写了大半了。我的文笔和写作的质量您还不清楚吗……”

电话那头，王编辑却用漠然的语调打断了她：“没办法，这类型的书太多了，写出来不会好卖的。”

胜男冷笑一声，显然，王编辑是不会为这次失误的策划买单：“那我的另一本稿子的稿费可以领取了吗？”

王编辑有点尴尬地支吾道：“这个嘛，还要等半个月啊……”

胜男打断道：“可是，我儿子又病了，需要钱，您看能不能……”

胜男无力地倚着走廊的墙壁，用手指抠着医院墙上没有温度的白涂料，指头落下，便出现一道灰痕。

“唉。”

指甲里多了一层又硬又厚的白涂料沫子，咯得她的指甲又疼又痒，延延高烧退下的喜悦，在挂掉电话时，随着那声叹息，烟消云散了。

转身，忽然“啪”的一声响，整张脸撞击到一个硬邦邦的东西，像撞到石头似的，撞得她眼冒金星，回过神来时，却见眼前站着陈家琪。

陈家琪显然被撞痛了，嘴里刺啦刺啦地呻吟着，摸摸自己的下巴和嘴唇，眼神却是灼热的：“你不是只练过跆拳道吗，怎么连铁头功也顺便学了？不过，你的嘴唇还是挺软的，很好。”

胜男正揉着刚撞上坚硬物的鼻子，陈家琪一双小眼睛迎着胜男因熬夜而凸出的眼袋，只觉得心里咯噔了一下：“眼袋都出来了。你最近很缺钱吗？”

胜男咬唇：“还好了。”说完，用粗糙的手指着医院的门口：“赶紧上班去！虽然公司是合伙开的，你也该用心一点是不是？”

家琪一听，挠挠后脑勺：“延延什么时候出院？我来接你们。”

胜男一口回绝道：“不用，医院门口的出租车很多。”说完，转身回延延的病房，留给家琪一个漆黑的背影。

“有事给我打电话。”陈家琪欲言又止，在胜男关门的时候，大声说，“还有，小心色狼！”

与此同时，梁绍禹莫名其妙地打了个喷嚏。

冷了吗？

梁绍禹从高尔夫练习场的躺椅上慢慢地坐起来，看了一眼顾菲和高尔夫球杆握得像要锄地一样的客户，自言自语地说道：“我也起来运动一下，不然要感冒了。”

可是，梁绍禹刚起身时，觉得眼前依旧略有些发黑，忙左手扶额，右手扶住躺椅的椅背。

二十秒钟之后，顾菲以火箭似的速度冲上来：“梁总，你怎么了？要去医院吗？”

梁绍禹抬起头来，勉强笑道：“没有什么大事，我自己去医院吧。”说罢，将VIP卡插在顾菲的衣兜里。

梁绍禹提一篮水果和许多小孩子喜欢的零食，将车开到医院，终于找到病房后，敲门，胜男开门的时候，手里正捏着一只体温计，看到上午送他们来医院的男人，胜男有些不知所措地盯着那修长齐平的浓眉和镜片后深邃的眼，双手先是藏在身后，再紧贴着裤缝，然后插到裤子口袋里，一双手竟不知道要放在哪里。

“小伙子，烧退了吗？”梁绍禹笑着看了一眼正在打点滴的延延，延延也不说话，端详着梁绍禹温润的笑脸。

“三十七度五，”胜男对延延教育着，“延延，叔叔问你话了，要有礼貌。”

梁绍禹端详着胜男的黑发，笑容更盛了些：“延延吃草莓吗？”

延延摇头：“妈妈说这个时候的草莓抹了农药。”

梁绍禹的眼笑弯了，小心地将盒子打开：“这是有机食物，放心好了！”

延延却打量着梁绍禹手中的饼干说：“叔叔的狗饼干图案真好看。我记得家琪家的那只老狗巴顿吃的就是这个样子的狗饼干？”

梁绍禹依旧微笑："这是给小朋友吃的，味道不错哟。"

延延眼巴巴地继续盯着梁绍禹温柔的眉和明润的眼，一语道破天机："妈妈，这个叔叔长得有点像爸爸。"

正说着，只听一声大喊："延延，你怎么满世界认爸爸！有我这个就够了！"

第二章　他一笑，天就亮了

延延和胜男循声望去，不约而同地叹息。

“陈家琪，你不是回公司了吗？”胜男堵在门口。

“哦，你不是手头紧吗，卡里有五万……”陈家琪毫不避讳地从他的斜肩包里摸钱夹。

胜男一把堵住家琪的嘴，揪着他的耳朵就往门外拎：“你给我闭嘴！”

“呜呜——”陈家琪的脸憋得通红。

梁绍禹目睹着单薄的胜男一把将强壮的陈家琪拖出门外，打量着胜男黑毛衣罩着的瘦削的窄肩和背后突起的蝴蝶骨，内心深处也像被一根细针微微刺了一下，痒。

于是，他将精致包装的草莓盒子打开，小心地取出一颗，送到正在打点滴的小男孩嘴边：“试试，很好吃。”

延延张口吞下去，露出一口糯米般的小白牙：“谢谢叔叔。”

这时候，门外的声音越来越大，梁绍禹仔细捕捉着每一丝声响，只听胜男气愤地说：“陈家琪，我告诉你，我没有经济危机，我和两个孩子过得挺好的！”

梁绍禹不动声色地笑问：“延延，你还有兄弟姐妹吗？”

延延一双长睫毛上下翻动，忽闪忽闪着，语气十分自豪：“我有哥哥！”

见梁绍禹若有所思，延延补充道：“妈妈每天很辛苦地写稿子赚钱养我和哥哥，妈妈是个好女人。”

梁绍禹狠掐一下自己的手指头，开始为自己的情欲愧疚——很不容易的女人呢。门外，胜男却和陈家琪拼起了腕力。

一张粉色的卡被固执地推出，胜男使出全身力量将陈家琪的手臂往相反方向推移，强烈的自尊心在那一刹那全部化成蛮力：“我有手有脚，孩子我养得起！”

“你个四肢发达的笨女人！我高兴养我叔叔的孩子，我乐意！”陈家琪怕伤了胜男，用了五分的力气，胜男却使出全力，将家琪猛推出去。

家琪一屁股坐在地上，只见胜男双眼通红：“陈家琪，你最崇拜的人不是少游哥吗！他生前你不是一直叫他叔叔吗！所以，在他死后，请给他的妻子一点尊严好不好！”说着，一排眼泪从大眼睛里滴下，像蚌里新出的珍珠似的。

陈家琪那双聚光的单眼皮小眼睛端详着胜男婆娑的泪眼，眼神忽然变得温软，拍拍屁股站起来，走上前去，伸出宽厚的手指去抹胜男的眼泪：“你有多大的能量支撑起这个家我不管，可我绝不是践踏你的尊严，我只是十分想替你分担一部分！”说着，忍不住再上前一步：“你的眼泪，很性感。”

胜男倒退一步，掉头就走。

陈家琪一把从背后拧住胜男的胳膊，双臂紧紧扣住她的肩膀：“别以为你练过花拳绣腿我就怕你，我只是怕力气大了伤到你！”

胜男心下一慌。她手脚挣扎着，脖子也避开那滚烫的呼吸，手臂却像是被绑住了一般，幸好腿却是灵活的，情急之下，胜男挥腿后踢。

“嗷！”一声杀猪似的大叫，陈家琪猛地松开双臂，捂住膝盖，脸色煞白。

家琪依稀想起五年前的夏天。那一年，21 岁的陈家琪戴一副大墨镜，斜叼着烟斗，驾着自己的新吉普车，领着自己的哈士奇巴顿四处游荡。那时候，怎么就那么嚣张呢，拐弯的时候，怎么就不知道放慢速度，不小心撞到了一个在胡同里甩开长腿乱跑的短发女孩子。

“笨蛋！走路不长眼睛啊！”家琪清晰记得，自己如是指责她。

短发的女孩揉揉摔痛的屁股，将他使劲往前一推：“我赶时间，没空理你。”

家琪记得，年少时的自己一把揪住她的胳膊，骂道：“你是猪啊！被车撞了，就不知道让开车人带你去医院检查一下？就不知道让他赔偿？”

短发女孩一脸的不在乎：“你放开我！我赶时间！”

当年的家琪脾气比现在大得多，一把拽回女孩，一双手像铁钳子似的，女孩却飞起一脚……她却是赶着时间去见他的梁叔。而他晚来了一步。

五年前，那个短发的女孩子为了她心爱的男人留起了长发，披上了他人的嫁衣，她不顾那个男人虚弱的身体日夜守候相伴，在那个呼风唤雨的男人最脆弱的时候毅然要跟定他一辈子。

四年前，那个长发的女孩子为了死去的丈夫，勇敢地搬进了那座房子，从此夜以继日爬格子，一日三餐亲手做羹汤，靠自己的双手毅然支撑起整个家。

如今，短发女孩蜕变为了长发的女人，成了家琪心中的钢铁城墙。

“金刚妹，你太苦了，找个人分担吧！”26 岁的家琪说。

胜男伸出自己的无名指，一颗蝴蝶图案的钻戒于她并不纤细的手指上展翅："陈家琪，我有两个可爱的儿子，我是梁少游的妻子，这辈子都是！"

家琪怔怔地望着胜男决绝的眼神，一时间站在原地，没了思想。

胜男推开门，却见延延乖乖地在病床上躺着，那个外表神似她亡夫的男人已不见了踪影。

"那个叔叔呢？"胜男问。

延延指了一下洗手间："去那里了！"

恍然间，胜男觉得那个四年微笑着离开的男人已化作另一个人，在她的视野中重生一般，可是，胜男听到了阵阵呕吐声。

当年，她的丈夫梁少游病重时，也曾呕吐过，胜男忍不住心尖一战。

"喂，你没事吧？"

胜男敲门，无人应答。

延延忽闪着大眼睛："妈妈你想偷看吗？"

胜男头痛地揉揉脑袋，只听一声开门声，梁绍禹笑得满面春风地走出来："你的儿子太可爱了！"

胜男尴尬地笑笑："童言无忌，我对这个小家伙没办法了。"

正说着，只见梁绍禹眉眼忽然一拧，右手扶额，身子也前后摇晃着。胜男话未说完，梁绍禹已双腿一软，倒了下去。

胜男在他倒下的那一刻，顺理成章地想起了四年前。

四年前，那人倒下去时，一股鲜血喷出，手里还怀抱着刚出生的婴儿，初生的婴儿嘤嘤哭泣……

"医生！"胜男飞奔出屋，抓住一个护士，声音嘶哑，"有人晕过去了！快救他！"

目送着长得酷似自己亡夫的男人被送去急救室，胜男的心一下被掏空了。

同样的万人迷性格，相似的眉眼，同样的倒下去的姿态。胜男一下一下地用干净的指甲抠着医院雪白的墙壁，雪白的涂料被刮下，贴在她的指甲上。再抠，指甲被撑开，隐隐一痛，白色沾染上了鲜红色。

梁绍禹醒来时，眼前迷迷蒙蒙的。

皱一下眉头，眨眼，定睛一看，窗外一片夕阳之绯色。窗内，被子是单调的白，天花板是单调的白，一瓶液体滴了大半，凉丝丝地滴入自己的体内——显然，这不是什么高级会所和酒店，也不是他家，而是病房。

梁绍禹清清嗓子，咳嗽一声。

在不远处的沙发上跷着二郎腿的白大褂男人放下报纸，轻笑着过来："哟，我们的酒仙醒了？"

"添麻烦了。"梁绍禹歉意一笑。

"昨晚的客户来自青海，先是要喝白酒，再喝青稞酒，最后喝洋酒。"

"所以你差点就可以去和李白举杯邀明月了。"白大褂男人笑着拍拍梁绍禹的肩膀，"这次不行，再接再厉。"

梁绍禹慵懒地从被子里伸手："神医，麻烦拿一下眼镜。"

白大褂男人从床头柜上取下眼镜，看一眼镜架上的老鹰标志，递给梁绍禹，不屑道："真是有钱烧的。"说完，他的眼神又凝起一团绿光："对了，刚才送你来的那个女人的手上的戒指钻儿很大。"

梁绍禹只觉得心中咯噔一下。

"挺好的戒指呢。"白大褂一脸羡慕，"那个女人也不错。"

梁绍禹不语，想起白天那个傻小子想资助胜男被拒绝一事，忽然心里就有些沉甸甸的，再赶回延延的病房时，已人去床空。

梁绍禹眼前突然就构织出一幅温馨画面：温暖柔黄的灯

光映照着圆圆的饭桌，油烟机下，她正热火朝天地挥勺炒菜，油烟迎着那张干净的脸扑面而来，夹杂着饭香气，两个小家伙嗷嗷待哺，围着餐桌，捧着碗筷，眼巴巴瞅着围着围裙的小母亲……

梁绍禹不知道，一个丰盛的家庭晚餐已开动。

此时，胜男刚摘下小围裙。

依旧不变的是一直空着的一家之主的位置，典雅的原木扶手椅，长方形餐桌正中放着仿真向日葵。

红的、蓝的、黄的、绿的、粉的卡通餐盘，盛着文文爱吃的滑炒虾仁，延延爱吃的辣炒花蛤、奶酪山药、炸鱿鱼和扇贝蘑菇汤，以及胜男随便翻炒的白菜。

亡夫的养子文文爱吃上海菜，延延虽只见过他生在青岛的父亲一眼，却有地道的青岛人口味，酷爱吃肉的胜男只得每日做与自己不相干的鱼虾，看着两个孩子吃得顺心，她也吃蔬菜吃得安心。

“今天的虾仁不错。”13 岁的文文将红色的虾仁夹到胜男的饭碗里。

“谢谢文文。”胜男笑对唇边微微长出一点深色茸毛的孩子，从汤碗里舀一勺扇贝肉喂到延延的嘴里，鼓励着小儿子：“延延加油吃饭，以后就不会总感冒发烧了。”

“那家里不是少了一个不用电的暖宝宝？”文文打趣道。

“哼！”

延延赌气地大口吞下饭菜，转身惊异地问正在吃鱿鱼的文文：“哥哥，今天只有我们三个人吃饭吗？”

文文看一眼墙上的挂表，伸出三根手指头：“我数三个数，一，二，三——”

“砰砰砰！”

一阵砸门声隔着老远就传到饭厅里来。

文文和延延相视一笑，文文打了一个响指：“我去开门！”

胜男伸出拳头冲文文一挥，文文已起身跑出饭厅。

胜男摇摇头，起身去盛米饭，刚将饭碗摆在桌上，一抬头便看到一只黑不溜秋的王八壳。

“金刚妹，我买了只王八给延延补充营养，顺便来蹭饭了！”

陈家琪提着王八故意往胜男脸上蹭，胜男拍了一下陈家琪的脖子：“吃饭就好了，每次都这样破费，你以为你是开银行的吗！”

陈家琪拎着王八转了一圈：“所以才开广告公司，想让金刚妹变成变形金刚啊！”

胜男挥手：“快坐下吃吧，一会儿我就被你说成南霸天了！”

“是霸天虎。”文文和陈家琪异口同声地说。

陈家琪斜了一眼文文：“真默契啊。”

文文摊手：“你从美国回来之后蹭了一年的饭，不默契就怪了。”

陈家琪认真地看着文文：“如果我正式成为这个家里的一员，就不是蹭饭了吧？”

文文一甩蓬松半长的头发：“求婚要求本人。”

陈家琪一听，一下从椅子上弹起来，单膝跪在了胜男面前。

延延刚喝的一口汤喷在了桌子上。

“胜男，嫁给我！”陈家琪一脸虔诚。

文文顺手轻轻扇了自己一嘴巴。

胜男看了一眼单膝跪地、一脸期待的家琪，五年前的场景在她的心海和脑海里翻腾。

胜男清晰记得，那个昔日无比英俊却瘦到让人想哭的男人在注射营养液的时候，也虔诚地向她求婚。那个面色苍白的男人被一堆事折磨得筋疲力尽，生病到昏昏睡去，下午还是在约定的时间醒来，准备给她买戒指，却因身体太虚弱而不得不将所有的事改在了几天后。

胜男记得，送她和快成一堆病骨的男人去买戒指、领结婚证的人，正是家琪。胜男知道，她的男人是家琪最崇拜、最敬重的男人。

“少游哥，你的徒弟要帮你照顾孩子，可是，我是你的妻子啊。”胜男在心中喃喃道。家琪单膝跪地，单纯得像正午的白杨。

“陈家琪，你给我起来！你胡闹什么！”胜男拽着家琪的胳膊就往椅子上拖。可是，家琪很强壮，她实在难以驾驭。

“没有戒指算求婚吗？”文文舀一勺热气腾腾的扇贝汤，慢慢吹几口，跷起二郎腿，一幅看戏的表情。

“有！”

家琪从自己松松垮垮的裤子口袋里掏出一个用蓝丝带包装的巴掌大的方盒，缓缓打开，灯光下，盒子里的戒指熠熠生辉。

文文再扇了自己一嘴巴。

“有鲜花吗？”文文不服气地继续问。

家琪将在地上乱爬的王八一把拎起：“有鲜王八！”

胜男干脆一把夺过王八：“吃饭！”

家琪却意犹未尽，双手将王八夺回来：“胜男你，等等！”

说着，从自己的背包里掏出一块大红布，将王八蒙了个结结实实，口中还念念有词：“变变变！”

再给王八掀开红布时，黑不溜秋的王八已经变成了一束鲜红的玫瑰花。

文文依旧不死心，指着家琪的休闲外套：“求婚要正式！”

家琪一听，将脖子处的衣服拉链迅速拉开，露出一身正统的黑西装、白衬衣，以及深红色的领带。

文文揉揉自己蓬松的头发，嘴巴惊讶地合不拢了。

家琪干脆把休闲外裤脱下，一身西装的家琪果然像是脱胎换骨一般，俨然有了成功成熟男士的气派。

“家琪，你忘换鞋了。”文文提醒道。

家琪白了文文一眼，从自己的大包里掏出一双皮鞋，蹬在脚上。

正在这时候，胜男觉得脚下麻麻痒痒的，低头一看，原来，那只黑不溜秋的王八正用前爪挠她的拖鞋。

好意外的求婚。

胜男想起亡夫梁少游回光返照时的那段话：“男男，家琪和凌查理你都不能嫁，一个太任性，他爱的只是他的感情，在一起免不了任性，你会受苦的，另一个是个好男人，可他的工作太不安全。另外，以后也不要嫁我这样的男人，人死了，就什么都没了，一定要找个会过日子的。”

凌查理是胜男的第一任男友，帅气的小刑警，是一个工作起来不要命的小男人。

想起死去的丈夫，时隔四年，胜男依旧鼻酸肠痛。

“我不接受。”胜男狠狠地掐着手指上的死皮，一横心，残忍拒绝道。

陈家琪手中的鲜花一松，掉在地上时，正好砸在黑不溜秋的王八脑袋上，王八那光溜溜的脑袋迅速缩回去，剩下一块光秃秃的龟壳，远远看去，像一块青黑色的大石头。

“为什么！我喜欢了你那么多年！我这样的条件，很多比你年轻漂亮的女孩子都往我身上贴，你知道吗！”陈家琪的脸突然就涨得通红。

“家琪，吃饭吧。”文文只得头痛地打圆场道。

“家琪，吃饭吧，要凉了。”延延也跟屁虫似的嚼着炸乌鱼花说。

“胜男，你说我疯癫，可是，我高兴！我相信我这样同样能给你快乐和幸福！人活着要遭遇各种生离死别和不顺心的事，已经够憋屈了。为什么还要自己给自己束缚！我就是喜欢穿休闲装，我就是喜欢这样说话！”陈家琪说着说着，将戒指盒子扔到地上，戒指从盒子里弹出来，顺着马赛克砖滑行。

胜男放下筷子，将戒指从地上捡起来，怯怯地塞到家琪手里，家琪一挥手，戒指又被摔出去，“啪”的一声坠入扇贝汤里，溅出的汤汁滴在延延脸上。

“延延！烫着了吗！”胜男紧张地摸摸延延的小脸蛋。

延延摇头：“不烫，都快凉了。家琪吃饭吧。”

家琪的脸忽然就由红变白：“不吃了，饱了！”

说完之后，家琪抹泪，撒腿就往外冲，走出饭厅的时候，却听胜男喊道：“家琪，等等！”

随着那声等等，陈家琪脚步落定。

转身，却听到了一句打死他都不想听的话。

胜男追上来，左手拿着珠宝盒，右手提着那只王八，戒指是刚从汤碗里捞上来的，带着腥香，王八正奋力挣扎着。

胜男一脸的内疚：“你的衣服和王八，还有，把戒指送给……该给的人。”

陈家琪气得浑身发抖：“我要撒尿！你管得着吗！”说完，就往胜男的房间冲过去，胜男忍不住提醒：“走错了。”

“我就是要去你房间里的那个！要你管我！”陈家琪气急败坏地吼道，说完，“砰”的一声，屋门被狠狠地关了个严实。

胜男只得站在饭厅门口，一分钟之后，陈家琪冲出来，拎着衣服和王八，却没有接受那个戒指盒，一双委屈的小眼睛对上胜男的水眸："谁的戒指就是买给谁的！你不要也得替我保管着！"

饭后，胜男早早将延延哄着睡了，刚要继续工作，发现自己刚失去了一份工作，只得上 QQ 继续寻差事。

第一份失败，第二份失败，第三份失败。几个回合下来，胜男已筋疲力尽。

胜男长吐一口气，翻出记账本：最后一笔稿酬还要半个月之后才能到账，可是，水电费和煤气费明天就要收取……

胜男无力地趴在书桌前，看一眼书房：典雅的希腊风，洁白，简单，这是她的亡夫给她留下来的房子。

胜男看了一眼五层的书架：《二十四史》《东周列国志》《汉书》《战国策》《金刚经》《山海经》等各种古代书籍……标注有"某某译文出版社"的一本本国外名著也映入她的眼帘，兼有各种哲学著作……

那是她的亡夫留给她的。像这个房子一样，是丈夫留给她的。

四年来，胜男每年都会从文文的生父留给他的遗产中取少量的一部分，先是一万，然后是几万。胜男喃喃地扪心自问，她不是不努力呀。折腾了一天，一种彻骨的倦意已占据了她的四肢百骸，她想去洗澡，却乏力得紧，想回房间睡觉，却又被白天的臭汗糊得皮肤无法呼吸。

追忆着亡夫生前的习惯，胜男蹑手蹑脚地回到卧室，走到床前，见延延抱着自己的枕头酣睡，安详的样子像个布娃娃。

延延小的时候总喜欢搂着胜男睡，胜男因为要工作，在小宝贝睡着之后，就喜欢塞个枕头，时间一久，竟养成了他抱着枕头睡觉的习惯，胜男望着洋娃娃似的宝贝睡得略红的小脸蛋，欣慰一笑，再看一眼自己空着的床头，她却再也笑不出来了。

没有枕头的床头正中，端端正正地放着一张粉色的银行卡。胜男终于知道家琪为什么临走前一定要来她的房间借洗手间了。

翻过那张粉色的卡，胜男透过眼泪，看到户名赫然写着：卓胜男，另一个空白处，歪歪扭扭写着那五个字，却足以让胜男泪雨滂沱。

那五个字便是给你一个家。

眼泪顺着胜男粗糙的手淌下，顺着她纤细的手腕一直流到她的手肘，手肘黏糊糊的，眼睛也黏糊糊的，蒙眬中，胜男看到了那个长着一双帅气精神的小眼睛的男孩子，男孩子的双眼通红，委屈地问她："为什么！"

延延似乎是醒了，揉揉眼睛，一把搂住胜男的腰："妈妈，你怎么哭了！"

胜男搂着延延的脑袋，轻吻着他柔软的小头发，勉强挤出一个笑容："没事，妈妈想爸爸了。"

这时候，四岁的延延却一语惊人："妈妈，白天的那个叔叔长得真像爸爸呀，你嫁给他吧，我也要第二个爸爸。"

第三章　情知所起，一往而深

胜男松开延延，认真地望着那张已经有几分像他亡夫的小脸，轻轻刮了一下他的小鼻子：“延延，爸爸就是爸爸，叔叔就是叔叔，爸爸只有一个。”

延延的一双大眼睛十分懵懂地盯着胜男：“可是，丈夫可以有很多呀！”

胜男破涕为笑，再度把这个早熟的小魔鬼拥进怀里，小魔鬼因为多病，身体单薄到肋骨根根分明，有点硌手，胜男便更添了几分心疼。

延延的小手抓住胜男的胳膊，像胜男哄他睡觉时候一样轻轻拍着她：“妈妈乖，妈妈不哭了。”

胜男抹干眼泪：“不哭了，妈妈先去洗个澡，回来就和延延一起睡觉。”

延延使劲点点头，捧着胜男的下巴用力亲了一下胜男发红的眼皮。

待到浴室的水哗哗响起，延延从自己的小书包里摸出那张白天收到的淡黄色名片，从桌上拿起胜男的手机，撒腿就往文文的屋里跑。

文文的门反锁着，延延只得使劲敲门：“哥哥！快开门！”

此时，文文正趴在电脑前看动画片。从来北京起，读小学二年级的他一直喜欢看动漫。

“梁绍禹？”文文见延延一脸紧张地拿着胜男的手机和名片，有些奇怪地读着。

“嘘——”

延延顺着文文的胳膊下钻进他的房间：“哥哥，你看着这张名片给这个人打电话！我要找他！快点，一会儿妈妈就洗完澡了！”

文文奇怪地打量着延延：“为什么啊？还有，我也有手机呀！”

延延一双小手拱起，不停地眨眼卖萌：“哥哥，我求你了！”

文文只得给他拨通号码，此时，梁绍禹已从医院回家。

“你好，哪位？”梁绍禹笑问。他正端起一杯热水，准备吃药。

“叔叔，我是延延，你白天去看望的男孩，我想求你件事好吗？”

“什么事情？小男子汉？”梁绍禹勾起唇角。

“叔叔，妈妈刚才哭得很伤心。你长得很像我爸爸，可以安慰她一下吗？延延有很多很大的贝壳，还有珊瑚，还有玛瑙手链，都送给叔叔。”

电话那头，梁绍禹认真地听着。他想起了自己小的时候。那时候，他总是用自己不喜欢的东西去换小朋友的东西：从外国带回来的变形金刚，各种国外的巧克力。可是，这个小家伙却是为他的妈妈求人。

“叔叔，你不愿意吗？延延求你啦……”

“我答应你。”梁绍禹一口答应下来。

“谢谢叔叔，我下次回青岛让奶奶给你做鱼肉饺子，奶奶的鱼肉饺子可好吃啦！妈妈正在洗澡，这是她的号码，几分钟之后就可以给她打电话了！”延延高兴地说。

挂掉电话，梁绍禹内心涌起一阵说不清的东西，像是温泉，又像是融化的雪水，还像从雨后新泥中冒出的小草，痒痒的。

他望着墙上的时钟，任秒针一秒一秒走过，待到秒针转了三圈之后，拨出去，听到的是比白天更沙哑的女声。

“您好，哪位？”

“是我，白天送你和延延去医院的那个人，我叫梁绍禹。”

“你说……你叫什么？”

梁少游。

梁绍禹。

胜男浑身像被高压电击中一般。开同样的车，类似的相貌，连名字竟然都和她的亡夫这般相似。

“梁绍禹。”梁绍禹耐心地回答。

“延延的烧退了吗？”梁绍禹在电话那头微笑。给美女打电话找借口，从来都是他的专长。

“退烧了，谢谢你。”胜男心跳加速，忽然想起五年前，自己刚来北京的某一天，她的少游突然出现在她面前时的场景。

“不谢，延延经常发烧吗？辛苦你了。”温存滑糯的声音潺潺流入她的耳间。

“照顾孩子是我应该做的。你今天不是身体不舒服嘛，也早点休息吧。延延也要睡了。”胜男说。

“晚安，也记得好好照顾你自己。”梁绍禹说。

“安。”胜男说。

“Bonne nuit。”自然而标准的法语从梁绍禹嘴里潇洒脱出。

“啊？”胜男没听懂。

“good night。”梁绍禹只得换成英文。

胜男看一眼延延，只见延延一边拿毛巾给她擦湿漉漉的长发，一边用铃铛似的大眼睛看着她。

胜男只得对梁绍禹说：“延延真的该睡觉了。”

“妈妈我不困。”延延打断道。

不知文文从哪里蹦出来：“不困去我屋里玩，哪有看大人谈恋爱的小孩子。”

说完，文文抱着延延就往外走，延延却捏着鼻子抗议说：“哥哥，你屋子里有脚丫子味儿！我会咳嗽的！”

“好温馨的一家人呢，”梁绍禹的眼神有些黯淡，嘴上却笑说，“对了，说真的，明天我带你们爬山怎么样？爬山能锻炼身体，延延身体好了，你这个当妈的不就放心了？”

不容拒绝的理由。

“你不是有原发性高血压吗？爬高的话，不太合适你。”胜男拒绝道。

梁绍禹继续提议：“那么——泡温泉呢？对了，我知道一家很好的温泉酒店，有保龄球馆，也有人参浴、藏药浴和中药浴，这对孩子的身体也有好处。”

“延延总请假，对他的影响不好，还是让他去幼儿园吧。”胜男本能地拒绝了他。

“为什么不等延延活力充沛，充足了电，让他生龙活虎地去幼儿园呢？”梁绍禹“语重心长”，不急不缓地说服着胜男。

“可是……”胜男显然有些抵御不住了，孩子身心健康，比什么都好。

“男的和女的……分开的吧？”胜男小心地问。

“不分开，像欧洲文艺复兴时期的油画，男女同浴。”梁绍禹忍不住笑道。

“那算了。”胜男说。

“哈哈哈，当然不是。明天我来接你们。时候不早了，晚安。”

“晚安。”胜男说。她不知，梁绍禹刚挂掉电话，就从床头柜里摸出一包杜蕾斯，笑吟吟地放入自己的皮包内侧。

一大清早，清脆的铃声欢悦地响起。

此时，胜男刚烧开了水，煮上面条。

同时，文文正带着延延在阳台练跆拳道，两人卖力地吆喝着，三拳两脚之后，文文就开始模仿起迈克尔·杰克逊的太空步，这引来延延的嘲笑：“哥哥，你的麦杰是被打瘸了吗？”

无论熬夜多晚，胜男都习惯早起，拎着文文起床带延延晨练，外加给两个小家伙做饭。延延不生病的时候，早饭之后，文文便会牵着他的小手送他去离家不远的幼儿园，之后自己去上学。

“文文，开门去。”胜男也不照镜子，一边往脸上刷糨糊似的随意涂抹着与延延共用的婴儿霜，一边吩咐着。

文文意犹未尽地跳着太空步去开门，见到来人，他惊得说不出话来：来人一米八多的个头，一双眸子深沉似海，英挺的鼻梁，轻轻勾起的唇角似笑非笑，俨然如那个把他从上海带到北京，包容他的各种无理取闹、打算抚养他成人的英俊男人。要不是那副文质彬彬的眼镜，文文几乎要脱口喊出声来。

“梁叔叔早！”延延跑上前来甜甜地喊。

“梁？叔叔？”文文惊诧地看一眼这个潇洒地把延延抱起来的男人，忍不住自言，“长得真像啊。”

胜男见梁绍禹怀抱着延延，顿觉眸子热热的，恍惚间，似是见到那个男人从四年前走来。

“早啊，胜男。”梁绍禹和煦一笑，放下延延，从包里掏出一个咖啡色的方盒子：“这是我半个月前从法国带回来的，最有名的鹅肝酱。”

胜男接过来盒子，笑说：“谢谢你。”

“不客气。正好过来蹭个早餐。”梁绍禹浅笑。

“可以啊，面条快熟了，配鹅肝酱没有问题吧？习惯吗？”胜男说。

鹅肝酱配面条？

梁绍禹抬了一下鼻梁上的无框眼镜，宽和地笑说：“当然没问题，习惯。”

梁绍禹打量了一眼胜男，不用打粉底也白皙的好肤色，不用涂睫毛也毛茸茸的大眼睛。腮上的几粒小雀斑分明，脸上对他的好感也分明，却不见她有对浪漫国度舶来品的半分虚荣，一切都是那么自然，很好。

琳琅满目的早餐摆在蓝色的桌布上：橘色的椭圆小碗盛着热气腾腾的面条，半只番茄形状番茄色的容器装满了西红柿蛋汤，香蕉色的小碟子里盛着清脆的黄瓜花生米，粉色碟子里的茶叶蛋，还有鳄鱼脑袋的绿色小碟子里的法国原装鹅肝酱。

几个人开始行动，文文将鹅肝酱拌入面条里。延延眼瞅着哥哥的英明举止，挥动顶端是鲜黄色章鱼头的小勺子快速模仿着。

梁绍禹看了一眼延延的小勺，章鱼脸上有两只笑弯成月牙、带三颗睫毛的眼睛，以及微笑的嘴巴。

“勺子真可爱。”梁绍禹看了一眼刚摘下粉色围裙的胜男，不由执行了父亲该做的教育工作：“用这种小勺吃饭，你的饭一定很香。”

可是，两个小家伙显然吃得不香。文文吃了几口，便抗议：“妈，不咸。”

胜男一边给两个小家伙剥茶叶蛋，一边头也不抬地说：“有腐乳和榨菜，你们吃什么？”胜男放下茶蛋站起身，掐腰叹气。

“吃腐乳。”文文说。

“吃腐乳。”延延紧跟着响应。

梁绍禹苦笑：“我也吃！”

胜男便从壁橱里取出一瓶红色腐乳，夹出两块。这是梁绍禹有生以来第一次这般消受鹅肝酱：不是抹在面包片或者松饼上，也不是油煎着吃，更不是配合牛排或者赤贝，而是当面条卤子。

“现在又太咸了。”文文抗议着。

“那就喝水。”胜男说。

奇怪的早餐带着家的味道愉快谢幕，文文也去上学了。

梁绍禹坐在客厅的沙发上，变换着遥控器等母子俩人换衣服，等不到十分钟，只见穿一身一尘不染白休闲装的延延抱着一只大海螺和一串彩贝壳项链从卧室里跑出来。

“叔叔，我的大海螺，送给你！谢谢你！”延延笑得一脸虔诚。

“谢谢你呀！延延，你留着玩吧，叔叔也有很多。”梁绍禹将比延延脑袋还大的海螺放在茶几上。

“可是，我答应过叔叔给你海螺和贝壳呀，还有珊瑚，都给你！”延延语气不容拒绝地说。

“你送给幼儿园的小女朋友吧，叔叔也有。”梁绍禹笑说。

“喂，谁在教坏我儿子！”胜男换下居家服，走出来，今天的衣服看上去不错，梁绍禹狡黠一笑。

“妈妈，叔叔不要我的贝壳。”延延有些失落地垂下脑袋。

梁绍禹只得将贝壳项链套在手上，笑说：“叔叔要，谢谢你！”

延延高兴地拍起手来。

今天的天很蓝，北京的秋空，难得干净一次。

驱车，梁绍禹打量着雅典圣苑的景致：黄得灿烂的梧桐树，假山，湖水倒映着金黄，一个60岁左右的老爷子双手慢慢提载着新购来的新鲜蔬菜水果和活鱼，一脸的笑纹，像是为一个家庭聚会准备一桌丰盛的家宴。

梁绍禹忍不住将车速降下来，掏出一瓶纯净水递给胜男。

“谢谢。”胜男说着，将瓶盖打开，给延延喂了一口。

梁绍禹笑望着这对母子，挑出一张钢琴曲CD，久石让的《人生的回转木马》。畅快，跌宕，欢愉，暴风雨经历之后，人生的舞步继续旋转……

车驶入高速，手机里的爵士乐与畅快的钢琴曲混杂在一起，忽然，胜男的手机铃声响起，果然又是陈家琪。

“胜男，我看见你和延延了。”电话那头，陈家琪的声音压抑而低沉。

胜男扭头一看，果然看到家琪的吉普车。

“你喜欢成熟的男人，是吗？我不阻止你幸福，当然，你没结婚前，我也不会放弃，可是，我得提醒你一句，你带着两个孩子，别人爱你什么？因为你漂亮？又不只是你长得漂亮，现在满大街都是美女，你善良坚强？很多男人都喜欢小鸟依人的女人，现在的男人太坏了，只想骗你上床，你给我小心着点。”

胜男的心像是被什么割开了似的，汩汩冒着的，却是苦水，隔着车窗，盯着家琪失落的眼，她要开口，电话却已挂断，尚未反应过来之际，吉普车已疾驰而去。

小心着点。

胜男忍不住认真端详了梁绍禹一眼：事业有成，多金，优雅，英俊得像北欧的王储，这样的男人，自己一生中已经遇到过一次，怎么可能还有第二次。

胜男的心狂跳，跳入深渊，让她疼得喘不过气来。

“停车。”胜男忍不住喊到。一边说着，用风衣也掩饰不住的纤细双臂将延延严密地笼罩起来。

延延似乎感觉到了胜男的恐惧，将脑袋贴在胜男的怀中，小大人似的沉默着。

梁绍禹望了一眼胜男，只见她满眼漾满不安，一双黑曜石似的眸子里闪耀无边的无助，像是迷路的小鹿遇见了猎人，拼着最后一丝力气，也要做最后的反抗。

真是个傻女人，想什么怎么可以让旁人从眼睛里看得一清二楚。

梁绍禹在心下着急着，突然就对这个单纯的女人萌生了一股强烈的保护欲，竟忘记了让她产生无助的缘由。

“怎么了？胜男？”梁绍禹将车速慢慢降下来，随即，不急不缓地将车慢慢移到最右边的车道上。

“我……不想去温泉了，我想……让延延回去休息一天，养足精神明天去幼儿园。”胜男的脸瞬间涨得通红。

梁绍禹沉默，将车稳当地停至最右边的车道，用修长的手拧开一瓶纯净水，从自己的包里取出药瓶，将几粒药片送入口中，仰面饮下一口水。熟练的手法，看得胜男一阵心疼：他每天都要吃药吗？

“哦。忽然想起来，早餐之后忘记吃药了。”梁绍禹淡淡地说，说完，再饮一口水。

“我小时候也和延延一样，喜欢待着和生病，不喜欢运动，所以你看我，才这种年纪，身体就出了毛病。”梁绍禹依旧是淡淡地说着。

梁绍禹抬眼，洞悉出胜男眼里平添的一丝挂牵，不动声色地说道：“所以，我才要带延延泡温泉，打保龄球，这个孩子的模样和我小时候有几分相像，我喜欢这个孩子，不希望他像我这样，年纪轻轻就身体不好。更不希望，我的所作所为让人误会。”

梁绍禹说最后一句话的时候，语气加重了几分。正说着，忽然只听“乒”一声，整个车突然往前行进了一步。

“吱呀——”轮胎与高速公路间发出强烈的摩擦声。

这下糟了。

第四章　蒂凡尼的早餐

发动车子，手脚早已跟不上速度。

梁绍禹的太阳穴处有大滴汗珠扑扑滚下，滴落时，透着亮，化作一个个记忆中的碎片。一个个或闪耀或艰难的场景像电影镜头一般在他眼前浮现：母亲抱着自己时的泪眼，姨妈严厉的眉眼，拿到平面广告创意大赛金奖时的耀眼，在巴黎时的乱花渐欲迷人眼，归国后各种女人向自己抛来的流波媚眼……

想自己，总算是不枉此生。

只是……冥冥中，梁绍禹忽然感觉到一种浮华下的空旷，像是黑洞中遮住的苍白，又像是海水淹没的那抹不易察觉的淡蓝，他知道，这辈子似乎少了些什么，是什么？于这危险存亡的瞬间，他的思维有些混沌，那东西更是难以言说和捉摸，究竟是什么！

“别怕！”梁绍禹听到一声责任感十足的女声。

此时，胜男本能地将延延牢牢扣在怀中，什么也不想，用自己的身体将延延严密护住，梁绍禹情急之下，挥起双臂扑上去，将这母子护住。

隔着层层衣服，胜男感觉得到梁绍禹的体温，化作一股强大的支持力，可是，她的身体依旧在颤抖。新婚时的草莓灯光，亡夫命悬一线时牵手自己时依依不舍的坚持，襁褓中的延延第一次冲自己微笑时的样子……种种难忘，幻化成她生命中最危险时的最坚强力量。

千万不要有事。胜男在内心大声呼喊，一定要留下少游哥的骨血，老天，求求你了！

紧接着，“啪”一声轰响。

“不要！”胜男本能地呼喊出声，带着几分企求与绝望。

梁绍禹本以为之后将是一场惊天浩劫，可是，车子却停止了震动，身后的车子的碰撞与声响也消失了。

耳畔中尽是一辆辆汽车呼啸而过之声……

梁绍禹深深吐出一口气，松开那颤抖的母子俩，抚摸了一下胜男后背的白风衣，安慰道：“没事了。”

胜男松了一口气，也放开刚才已被她包成粽子的延延，几缕黑发已贴在她湿透的前额。

梁绍禹抬头探看一眼反光镜，只见后面的一辆艳红色的保时捷中走下一个身材娇小的女人，梁绍禹也开门下车，只见自己的后车灯被撞碎，车皮也凹进去一块，远远望去，像个猥琐至极的男人脸。所幸的是，车子并无大碍。

“还好。”梁绍禹洒脱一笑。

女人从后备厢取出红色的三角警示牌立在路边，迈着小碎步噌噌地跑过来，十分歉疚地对梁绍禹绽放出花一般的笑容：“对不起，不小心追尾，让您和您的家人受惊了，一切损失由我……负责。”

女人巧笑倩兮，媚眼如丝，遇到梁绍禹的视线时，却忽如看到晴天霹雳一般，杏眼一瞪，嘴角一抖。

梁绍禹打量了一眼这个女人：该女子大约35岁，身段一流，眼神干练且带着几分冷漠。

梁绍禹礼貌相视："是我没有立警示牌造成的，不关你的事。"

车上，延延刚被松开，便从胜男身上跳下，小男子汉似的拍拍单薄孱弱的小胸膛："妈妈，有我在，别怕！"

胜男低头，用脑袋顶了一下延延的脑袋。

"妈妈，是个女人撞的我们。"胜男顺着延延的手指头，透过后车窗望去，看到那个女人后，却让她那张涂了腮红的小脸瞬间失色，她手指颤抖着，一把将延延带进怀里，亲吻着延延柔滑的头发。

梁绍禹几句话搞定事故，开车门时，见胜男一副失神之态，以为她尚未从惊吓中缓过来，呵呵一笑，将纯净水瓶盖拧开，递给她，柔声安抚着："没事了，继续向目的地前进！"

胜男一把接过透明的水瓶，先是喂延延喝了一口，紧接着，仰脖大口将水灌下去。

梁绍禹默默注视，颔首以示关切。

胜男如梦初醒，扭头探看一眼后窗，尽力掩饰着："车还好吗？"

梁绍禹拍拍方向盘，轻笑着反问："有什么不好吗？"说完，将车驱向行驶道，用余光瞟了一眼那对母子，忽然，心中一种责任感萌生，梁绍禹一瞬间将男人对家庭的责任感转化为男人对女人的责任感了。

胜男勉强一笑，紧紧握住延延的小手，努力让自己保持平静的语气，柔声道："延延，妈妈教你背诗。"

延延点点头，梁绍禹一阵好奇。

只听胜男努力让自己的声调保持平稳，铿锵地念道：

孩子，

如果在众人六神无主之时，
你能镇定自若而不是人云亦云；

如果在被众人猜忌怀疑之日，
你能自信如常而不去狂加辩论；

如果你有梦想，又能不迷失自我，
如果你有神思，又不致走火入魔；

如果在成功之中，能不忘形于色，
而在灾难之后，也勇于咀嚼苦果；

如果看到自己追求的美好受天灾，
破灭为一摊零碎的瓦砾，也不说放弃；

如果你辛苦劳作，已是功成名就，
还是冒险一搏，哪怕功名化为乌有，
即使惨遭失败，也仍要从头开始；

如果你跟村夫交谈，而不离谦恭之态，
与王侯散步而不露谄媚之颜，
如果你与任何人为伍都能卓然独立；

如果昏惑的骚扰动摇不了你的意志，
你能等自己平心静气，再作答时，
那么你的修养就会如天地般博大，
而你就是个真正的男子汉了，我的儿子！

念完之后，胜男心境平复了许多。可是，一种前所未有的害怕像涨潮时的大浪，拍在她身上，她许久都缓和不过来，延延的小手像个小热宝，暖得她手掌又热又疼，只是，心却许久暖和不过来。

“读过不少书嘛。”梁绍禹注视着马路前方，淡淡地夸赞。

胜男望一眼正在开车的男人英俊的侧脸，车驶出高速公路，行过一座高架桥，再行过一座，红色的保时捷一直跟在这辆病号车身后。

驶下高架桥，迎面便是一个红灯，梁绍禹慢慢刹车，车刚停在斑马线之前，只听“砰！”一声，温泉之旅再次多了一味浪漫的调料。

梁绍禹的视线慢慢降下去。车祸之后，紧接着爆胎！梁绍禹英挺的鼻梁上迅速沁上一层薄汗。想他风流一世，在女人面前丑态毕露，还是头一次。

不是没有备胎，也不是没有千斤顶，只是，难道——让他穿一身西装挽着纯白的衬衣袖子修油乎乎的车？

梁绍禹乐意为美丽的女士精心烹调一道色香味俱全的法国菜，可以心安理得地帮可人的姑娘提一堆缤纷的购物袋，但有损仪容的事，他却全无兴趣。

梁绍禹一脸的温暖笑容：“爆胎而已，别怕。老天见车上有可爱的孩子和女士而眷顾我们，让我们躲过了车祸和大爆炸，我们是幸运的。”

延延摇摇小脑袋，叹一口气：“泡一次温泉，不容易啊！”

梁绍禹微微一笑，摸摸延延的小脸：“没关系，一会儿换一辆。”

“咱们的车怎么办？”延延仰头问。

梁绍禹轻描淡写道："拖走就是。"说完，摸出手机，搜索出一个号码。

挂掉电话之后，梁绍禹将扁了一只胎的车发动起来，停在拐角的一侧，意外发现这里居然有一家咖啡屋，梁绍禹停下车子，对胜男笑说："给你们压压惊，去喝点东西。"

胜男点头："好呀，不过这次我请。"

梁绍禹摊手："我没有让女人请客的习惯。"

延延也跟着说："妈妈，这是我们男人该做的！"

梁绍禹忍俊不禁。

胜男想起自己的现状，却也无力推辞，只得垂下蝉翼似的睫毛，握着延延的小手下车，刚走几步，却听到后头一声娇滴甜美又不失干练的女声："等一下！"

胜男下意识地迅速捏紧延延的小手，手心骤然间全是黏糊糊的汗液。

"刚才的女士？你好。"梁绍禹转过身，彬彬有礼地打招呼。

"你好。既然你不肯让我付修车费，我请你们一家三口喝东西怎么样？"女人绰约而来，一双漂亮的大眼睛直直地盯着梁绍禹，像是在判断什么，又像是在找寻什么。

梁绍禹见过不少花痴女的眼神，这个女人的眼神，却超乎他想象的复杂。

梁绍禹发觉，胜男一直没有回头。

"给你介绍，这是我的好朋友，卓胜男小姐。"出于一股好奇心，更出于礼貌，梁绍禹不得不一如既往地表现出无上的绅士风度。

此时，女人已走近胜男，一听这个名字，女人当即站在原地，一秒钟之后，恢复常态："呵呵，我们认识。"说着，走上前，十分亲热地拥住高她半个脑袋的胜男："胜男，好久不见，你还好吗？”

胜男机械地被拥抱着，淡淡地应和着：“张颖，我很好。”

这个没有温度的拥抱，像是西方人的礼仪一般，迅速开始，又迅速结束，这个叫作张颖的女人探下身，看了一眼洋娃娃一样漂亮的男孩子，眸子里竟闪烁出几分慈爱之光：“孩子都长这么大了，很可爱。”

胜男的胸膛微微起伏着，食指不停地抠着自己的大拇指：“延延，叫张……阿姨。”

延延抬头，用大眼睛不解地瞪着张颖：“张阿姨好。”招呼还没打完，整个人就被张颖欢喜地抱了起来：“延延好乖。延延，你也有四岁了吧，怎么那么瘦呀？好轻，妈妈没有照顾好你吗？”

延延摇头：“延延身材好。”

梁绍禹也不禁一乐，默默看了一眼胜男，自始至终，她不是勉强微笑，就是抠自己已抠出血的手指，梁绍禹只作没看见，招呼道：“进去喝点东西吧，别站在路上啊。”

胜男被动地点头，几个人刚进店门，梁绍禹的手机却轻快响起，梁绍禹微笑致歉之后，接起电话：“喂？那么快？好的。”说完，挂掉电话，对两位女士说：“你们先找好位子，我去换车。”

张颖识相地笑说：“不必了。有机会再聚，正好我还有别的事。”一面往外走着，她的手却一直紧紧抱着延延，时不时还用保养良好的脸蹭着延延的小脸蛋，每蹭一下，胜男的心就牵动一下。

“孩子大了，让他自己走。”胜男盯着张颖的手，狠心道。

张颖一愣，微笑地亲亲延延的小脸：“对，延延都4岁了。”

几个人刚出店门，梁绍禹瞄一眼车行哥们带来的更换他的宝马X5的替身车，一张原本笑容满满的脸忽然就僵滞了，整个人瞬间愣住。

“奇……瑞……”

梁绍禹看一眼车行的哥们送来的小白车，只觉得头昏脑涨，风度在一刹那灰飞烟灭。

驱车，开音乐，车里的音乐不再是明快的轻爵士乐，也不再是流畅如水的钢琴曲，一打开却是嘈杂的神曲，梁绍禹忙关掉音乐。

车驶出朝阳区，进入通州之后，车道变得通畅无阻，离温泉会馆也越来越近，他加大马力，坚信能开奇瑞去高级休闲温泉会馆的，他是第一人。

车驶入温泉会馆的停车处，身着红色制服戴红色贝雷帽的车童瞥一眼车型，像是站军姿一般，“矗立”在原地纹丝不动。

梁绍禹摇下车窗冲车童摆手，笑得一脸灿烂：“劳驾，过来一下！”

车童竟像是失聪了一样，目不斜视。

“劳驾过来一下！”梁绍禹笑说。

车童这才慢吞吞地挪过来，打着哈欠。

“倒（倒车）。”车童一脸的不耐烦。

“倒。”车童的胳膊无力地抬起，最后只剩下口号。

倒车完毕，车童依旧站在梁绍禹面前，再度表演了一次岿然不动。

“谢谢你。请问，还有别的事吗？”梁绍禹笑得人畜无害。

车童用眼角俯视了一下车上的梁绍禹。

“没事的话，我们进去了。”梁绍禹将车停好，冲车童笑眯眯地致谢，车童见他没有给小费的意思，只得悻悻离开。

胜男瞅着梁绍禹下车时极度自如的神态，举目看去，会所是简洁朴素的哥特式建筑群。

建筑群是尖顶，楼身高耸，咖啡色的楼面，块块砖头堆砌得纹路分明。椭圆形的窗框，花窗玻璃，走进会所大门口时，门上镌刻狮图浮雕，高贵中透露着低调，低调中却又隐约着威严。胜男不知道诸如巴黎圣母院之类的天主教堂用的都是这种建筑风格，可她清晰记得，她亡夫和她宝贝的老家不乏此种建筑。

由于一上午麻烦不断，耗掉了不少时间，三个人进入会所，更衣之后，已近中午，梁绍禹便径直带母子俩进了自助餐厅。

胜男打量着自助餐厅：如这个会馆的外表，没有矫情的奢华，尽是澳式的简约，在这里，几乎找不到什么夸张的东西，有特色的便是天花板上一排排贝壳灯，光洁的墙壁，晶亮的不锈钢餐盘，食物亦是色泽鲜亮，精美而稀罕。

“这些都是澳洲菜。”梁绍禹在胜男身后解释着。

“叔叔，什么是澳洲？”延延好奇地问。

“就是澳大利亚。”胜男耐心地解释着，从自选盘里取出几块形似酱排骨的肉骨，延延指着另一个自选盘里的一道道花纹的大蚝说：“妈妈我要吃海蛎子！”

胜男便取出几颗生蚝放入餐盘。

梁绍禹是北京人，对延延的叫法饶有兴趣：“海蛎子？”

忽然，就从身后传来一个娇滴滴的女声：“对呀，延延的父亲是青岛人，这孩子是在说青岛话。”

梁绍禹循声一看，果然是那个张颖，于是，心中的判断明朗起来，再打量一眼胜男，她果然狠掐一下手指头，然后，伪装出一副无所谓的样子，指着一个餐盘笑问延延：“延延喝柠檬蟹肉汤吗？”

延延点头：“喝！”

胜男再指着一盘鲍鱼问延延：“吃鲍鱼吗？”

延延点头：“吃！”

刚说完，只见张颖走上前来，笑容满脸：“孩子那么小，怎么能吃那么多生冷的东西？海鲜吃多了，他会身体发寒。”

胜男深吸一口气，向前走一步，夹几块巧克力色酱汁的山葵烤牛排，再夹几块鲜橙色的薄荷香蒜新西兰羊扒，强压着满心的火气转头笑问：“那你说该怎么吃？”

张颖微微一笑，夹一片鲜黄的香芒鸡柳到胜男的盘中：“胜男，这么多年了，你还是老样子，一生气就全部表现在脸上了。”

胜男努力挤出一个友好的笑：“你想多了。顺便告诉你，海鲜并不都是凉性食物，也有温补的。”

张颖不再说话，躬下身子摸摸延延的小脸蛋：“延延小朋友，我们又见面了。”

延延一双大眼睛眼巴巴地看着张颖，一张小嘴轻抿着。

胜男几乎是屏住呼吸注目着张颖的动作。

只见张颖一脸疼惜地用哄孩子的语气对延延说：“小宝贝，阿姨和你多有缘啊，”说完，十分亲昵而旁若无人地亲亲延延的小脸：“可是，阿姨中午还有事，延延小朋友，咱们下次再见哦。”

延延不眨眼地盯着张颖：“美女再见。”

延延奶声奶气，近于调戏的话引来身边一个近40岁女人的哈哈大笑。

胜男闻之，却警惕地瞅一眼延延，紧紧捏着他的小手大步走向梁绍禹事先找好的位子。

延延的小手柔软，皮肤细嫩，热乎乎的手掌和她手心的汗液黏在一起，然而，延延并没有一丝嫌怨母亲手黏的意思。

襁褓中的延延就喜欢用小小的指头抓住胜男粗糙的大手，睡醒时，抱着他兜圈时，饥饿时，生病时，甚至睡觉时都是。胜男一直以为，那是亡夫病逝之前抓住自己的手不放，所以动作犹如他的生命般延续到了孩子身上，也一直以为自己就是延延唯一的依靠，直到今天遇到了这个和延延有着千丝万缕联系的女人。

找到位子后，胜男刚放下餐盘，便将已动手抓海蛎子的延延抱到自己的腿上，可是，这并不是在车上，延延显然觉得不舒服，嗖地从胜男腿上跳下来，一把将牡蛎塞进嘴里，一面含糊地抗议着：“妈妈，延延不是小宝宝了！”

梁绍禹端来一杯红茶，一杯香片，一杯荔枝汁，胜男见梁绍禹归来，立刻兴奋地举起银色的餐叉，“开饭了！”说完，叉起一块香芒鸡柳，刚要喂给延延，叉子停在半空中，犹豫了一下。

两秒钟之后，胜男将鸡肉塞进延延的小嘴里。

延延吞咽下去之后，也叉起一块牛排送到胜男的唇边，巧克力色的酱汁蹭得胜男满下巴都是，“妈妈吃肉！”

梁绍禹看到她一口将整整一块山葵烤牛排吞下去，泪珠从她的大眼睛里落下，滴落在盘子里，滴落在牛排上，却中和不了她唇边浓郁的酱汁。

梁绍禹心中一疼，从餐巾纸盒里抽出几张原木色的纸递给胜男，一团纸在水的湿润下，迅速融化为一团棕色的小团子。

延延已在端着不锈钢小碗喝蟹汤，如大多数青岛人一样，他认为最好吃的东西便是螃蟹，可是，母子俩像是心有灵犀一般，他舔舔嘴唇抬起头来，盯着流泪的小母亲，可惜却不懂小母亲的心思：“妈妈，你又想爸爸了吗？这里有我和梁叔叔啊？”

“对了，午餐之后做什么呢？”梁绍禹急忙舀一勺沙拉，分别添在母子俩的盘中笑问。

胜男努力给梁绍禹一个带泪的大大的笑容：“我们没来过，听你安排。”

梁绍禹点头："我和延延泡藏药浴，你去泡牛奶玫瑰浴？之后，带你们去打保龄球？然后，洗个澡去游泳？之后，差不多已是晚上，去看他们的'星沉海底台'，如何？"

"星沉海底当窗见，雨过河源隔座看？"胜男有些疑问地背出李商隐无比痴缠的佳句。

胜男不知道，"星沉海底台"是一个太过缠绵暧昧的地方，缠绵暧昧到纤云弄巧，飞星传恨，重了千年前最痴缠的情诗。

本以为午餐要结束了，梁绍禹却笑道："不用急，女生和孩子们最期待的不就是饭后甜点吗？"

饭后甜点？

胜男也时不时带着家里的两个小男人去吃比萨，她一直以为，那些蛋糕、蛋挞、甜饼之类的是主食。

会馆的饭后甜点有巧克力马芬、巧克力塔、撒着西番果的焦糖炖蛋、蓝莓杧果布丁、卡布奇诺，还有水果。

胜男偏爱蓝莓杧果布丁和草莓，两个男人却喜好吃焦糖炖蛋，水果则是同样的不热衷。她用小勺切一小块，放在嘴里细细品尝，味蕾却暂时性失灵，平时，她连口香糖都选择蓝莓口味，这次，口腔之内，尽是酸涩。

延延却好胃口地吃下半杯炖蛋，瞅着胜男好奇地问："妈妈，不好吃吗？"

胜男勉强微笑："哦，有点酸。"

延延认真地说："妈妈不能怕酸，吃酸才能给我生个弟弟！"

胜男摸摸他的小脑袋："吃完了，我们撤吧。"

梁绍禹站起身，一把将延延抱起："走，叔叔带你去泡藏药浴。"

胜男一把抱过延延，阻止道："延延，别打扰叔叔，妈妈带你。”

延延却说：“妈妈你是女人，我是男人。”

原来，延延从襁褓中开始便寸步不离胜男，可是，为了家里的开销，他稍微大一点之后，胜男不得不写稿子赚钱，让读小学的文文带他，偏偏延延却连洗澡都不肯让哥哥给洗，文文只得说：“延延你是男人，让女人给你洗澡，羞羞！”从此，延延再也没有跟胜男洗过澡。

放在平时，这倒也无可厚非，只是，今天的意外，让胜男心中七上八下，胜男苦涩地垂下头低望着桌上的残羹冷炙，黯然地说：“延延，你伤害妈妈了。”

梁绍禹打趣道：“胜男，延延长成小男子汉了。”

胜男黯然走进自己的牛奶玫瑰浴单人间，置身于玫瑰花形的温暖泉水之中，她方才想起，自己好久没有认真泡过澡了。

家里不是没有浴盆，在亡夫留下的三百多平方米的房子里，自己和延延住的那间屋内就有，可是，她从来没有心情去泡澡。

胜男从水中升起自己粗大的手，拨下玫瑰花，这手指，是延延最爱的，延延的第一次微笑，便是用小得像布娃娃似的小湿手抓着她粗糙的手指。

这手，延延蹒跚走路时，牵着他的双腋；这手，延延第一次叫妈妈时，激动地捏过他的小脸；这手，在延延以一次跌跌撞撞的小跑中给他鼓掌，手拍得又痒又红……

想着想着，一股怕失去延延的疲惫感爬遍她身体的每一个角落，她索性一头倒在床上，蜷缩着身体昏昏沉沉地睡去。梦中，延延牵着张颖和她的亡夫梁少游，三个人并行在北海的湖边，一湖的荷花，盛开如翠绿的火。白的粉的荷花大朵大朵盛开，延延冲着荷花甜甜地笑，露出一口整齐的小白牙，笑着笑着，延延就抬头冲张颖甜甜地喊：“妈妈，我渴。”

“不！”胜男浑身一激灵，抢呼欲绝。

这一声，惊得胜男从梦中醒来，她睁开双眼时，屋子里已完全暗淡下来。已经是晚上了吗？胜男揉揉吃痛的脑袋，她的手机铃声欢悦地响起。

“醒了吗？”梁少游温暖滑糯的声音轻轻从电话那头传来，“延延还在睡，要喊醒他吃晚饭吗？”

“好呀，麻烦你了。我过去和你们汇合。”胜男用另一只手当梳子梳理着自己的长发。

正在这时候，胜男听到自己的门铃在响。开门时，只见梁绍禹正一手抱着延延，一手讲着电话。

泡过藏药浴之后，两个人精神奕奕，梁绍禹双目灼灼，越发英气逼人。

晚餐依旧丰盛，不过没有一道菜与午餐重样，吃着吃着，延延竟偎在梁绍禹怀中睡着了。两人迅速解决掉晚餐，梁绍禹颇有深意地将延延抱起，抬头看了一眼胜男，缓缓地对胜男说：“先把延延送到客房里，之后我带你去星沉海底台。”

胜男惊奇于澳式会馆为何会有出自中国千年前情诗的浪漫名字，同时，她的浪漫之旅也正式拉开帷幕。可惜，这里并不是古韵盎然的露台，却是哥特式的中世纪欧洲建筑。紫色的城堡一如吸血鬼的故居，有几只乌鸦飞过，哇哇叫得胜男鸡皮疙瘩起了一身。胜男背后一股汗嗖地冒了出来。

梁绍禹拍拍胜男的后背，笑说：“放心，不吓人的。”

“我才不怕。”胜男挑眉。她遥记起读大学的时候，有个满脸微笑的男生总请她看电影，每次看的全是鬼片和恐怖片，可是，她硬是死撑着不叫唤。

走至古堡门前，又一个穿红制服的门童迎上前来：“小姐，你有入场的门票吗？”

胜男看一眼梁绍禹，只见他优哉游哉地晃着一张磁卡。滴一声，门口的阻拦消失，恐怖古堡的大门亦是自动打开。不是恐怖的黑色，而是热带森林明晃晃的绿。

几只大鸟从门内飞起，胜男以为是蝙蝠，刚要躲开，却见这几只白色的大鸟翩翩向自己飞来，一片纯白的鸟羽，飘落在她肩头。

胜男迈开长腿踏入大门，大片大片的阔叶树展露于她的面前。葱葱的灌木，树上有大片的叶子。胜男认识的，有椰树、橡胶树、杧果树，树上的大椰子、大杧果要不是走近了看，还真无法识别真假。

有鸟轻鸣，“啪啪”的拍翅膀声让这人造的热带雨林更显幽静，好似是盛夏的午后，百兽沉寂。

“低头。”梁绍禹轻轻地说。

胜男低头，这才发现，自己每踩一步，落脚之处，都有一朵虚拟的花在自己脚下盛开，迈一步便变了一种颜色，白的、紫的、黄的、红的、玫瑰紫的……

“好漂亮！”胜男忍不住打量着脚下的花赞叹道，同时，眼神中闪过一丝惋惜：“该等延延醒了带他来。”

“看《天鹅湖》。”梁绍禹迈着随意自在的步伐缓缓而行。

胜男这才发现，踩着满地的树叶，不知不觉，已踏着灌木边的泥土路走至“湖边”。一排白色的蒲苇如银丝般轻晃。

湖色在刻意营造的光影中绿得鲜润，湖中有天鹅在游，偶尔一声轻唤。

胜男眼前一亮。

可是，湖边既没有船，也没有小桥。然而，这并不是尽头，前方似乎还有很多风景尚待游人涉足。

胜男探头，打量着未知的湖对面，一脸好奇。

“奇怪，怎么过去呀？总不会让人游过去吧？”胜男回望梁绍禹，只见他一只手洒脱地插在口袋里，另一只手正在随意地摆弄一个绿藤缠绕、碗口那么粗的一条从天而降的粗麻绳。

“这是要把我们当人猿泰山吗？”梁绍禹微笑着拍拍绳索。

“好吧，”胜男快步跑到粗麻绳旁边，“太好了！反正都被家琪叫了很多年金刚妹，索性当一次猩猩吧！”说完，胜男抓住绳子就往后跑。

“等等！”梁绍禹一把抓住胜男的胳膊阻拦道，“你是要自己跳过去吗？”

胜男点头：“是啊。”

“不需要一个护花使者吗？”梁绍禹满怀期待地微笑，灼灼的目光温热如炬。

“不用，那就当不成泰山了！”胜男说完，拽着绳子助跑了几十步，飞身就往对面冲过去。

胜男这辈子头一次玩这种游戏。

麻绳粗糙的质感和飞在半空中的感觉让她犹如身生双翼，她俯视着水下，绿湖如镜，天鹅如画，蒲苇成雪。

人似乎真的远离了城市，宠辱皆忘了似的。

胜男忍不住闭上眼睛去体味，可是，忽然飞一样的感觉停了下来。

胜男睁开眼睛，只见自己抓着绳子，像一只大型的吊猴似的吊在湖面的上方，绳子没有带她到湖对面，而让她垂直在悬吊麻绳处的下方。

“喂，看来人猿泰山需要一个男泰山了。”梁绍禹浅笑。

“不用，我要自己过去！”

胜男开始用力晃动身体。

可是，没了助力，她在湖上端轻晃，犹如荡秋千的小猴子。

她左右张望，似乎周围一点救助措施也没有。

梁绍禹憋着笑：“真正的人猿泰山来也！”

说着，梁绍禹后退出十米开外，疾跑如风，飞身将自己抛出，双手抱住胜男，两人再度飞起来。可是，梁绍禹优雅修长的大手似乎放错了位置。

胜男意识到时，只觉得胸前麻麻痒痒的，这种感觉让胜男焦躁不已。情急之下，她身体努力一晃，挥臂一挣。

未等梁绍禹的手调整过来之际，忽觉一个外力猛地将自己推出去，未等他抓住绳索，整个人已落入湖中。

“扑通！”

梁绍禹浑身湿漉，却庆幸起来：幸好穿的是会所提供的一次性会服。可是，眼镜像化在了水中一般，摸索了几下，手中尽是温暖清澈的水。

梁绍禹抹一把脸上的暖水，索性不再去找。

“啊，对不起！”胜男连忙道歉。

“呜嗷！呜嗷！”

天鹅被突然的侵入者吓得高亢而鸣，拍拍无瑕的白翼，快游几步。

“喂，你力气好大。”梁绍禹懒散地从水中伸出胳膊，“胜男，拉我一把。”

胜男却也找不到拒绝的理由，刚一伸出胳膊，却被梁绍禹一把带入水中。

“啊！”

胜男吓得大叫一声，入水，水温适宜。

梁绍禹哈哈一乐：“貌似只有这样才过得去。”

胜男第一次端详着梁绍禹没有镜片阻挡的脸：修长入鬓的

眉，弯弯的笑眼，挺拔的鼻，灿烂的笑意如雨果的诗般优美，恍恍惚惚中，胜男再一次将他的形象与自己的亡夫奇迹般重叠。

“看什么？”梁绍禹深沉如海的眸子开始释放十万伏特的电力。

胜男脸色一红，捧一鞠水扬在梁绍禹脸上：“突然拽我下水，吓死我了，我不会游泳的话怎么办！”

梁绍禹缓缓游到胜男对面，端望着胜男，用极其温柔的嗓音悄声说：“别怕。我会。”声音柔若春风，温若细柳，吹在胜男的耳畔，胜男的思维开始混乱，心如小鹿乱撞，人在温泉中，体温升高，连眼角周围的皮肤也滚烫起来。

少游哥，是你回来了吗？

胜男痴痴地盯着梁绍禹英俊的笑颜：少游的柔软发丝，少游浅浅的笑，少游颀长的脖颈……胜男清晰记得，他的少游是个喜好干净的男人，哪怕病得下床都困难时，身体可以洗澡的时候，他依然是欢喜的，每次帮他洗澡时，他的眼神凄楚而深沉，沉得胜男忍着泪微笑，微笑着轻轻触及他每一寸日渐枯萎的肌肤。

“呜嗷……呜嗷……呜嗷！”

此时，梁绍禹的双手从水面缓缓透出，刚要抚拭胜男被水打湿的脸，却听背后那只白天鹅扑棱棱挥舞着大翅膀，冲着他汹汹而来。

梁禹不得不扭头，皱起他修长的眉以取得更清晰的视觉效果。

“啪！”

可是，当他眼前的天鹅长喙越来越清晰时，他的鼻子上已经多了一个红彤彤的啄痕。

“呜嗷……呜嗷……呜嗷！”

天鹅亢奋地叫着，挥动着宽广的白羽毛，冲着梁绍禹就是一耳光，羽毛挥落之处，白毛乱舞。

梁绍禹就觉得脸上火辣辣地疼。强忍着面不改色，摸了一下左颊，鲜红的液体黏在他手指上。

怎么回事?

在他尚未反应过来之际，不知是什么硬金属物狠狠砸过来，弹在脸上，又飞出去，胜男看了一眼，似乎是梁绍禹的眼镜，刚要追时，眼镜再度沉入湖中。

梁绍禹不知道，上个月他领着一个模特来这边度假，和那个模特在水中游泳时，模特腿长，顺腿一蹬，芊芊玉脚一脚踢在白天鹅的肚子上，这让天鹅从此记了仇，这次在水上看见梁绍禹，自然是义愤填膺地将账算在了他头上。

胜男只得怒呵一声，企图在气势上压倒天鹅："住手！"

"嗷嗷！"

天鹅却从水上欢乐地飞起，伸出浅黄色的长喙便要再去啄梁绍禹的鼻子。

梁绍禹急忙挥动双腿，向后游了几步，怎奈情急之下，他的腿力用猛了些，顿觉左腿忽然一拧，整条腿扭曲式地疼痛起来，于是他迅速挥腿，左腿却越来越不灵便，越来越不听使唤。

胜男只得挥起一拳。

"呜嗷！"

天鹅也许是感觉到金刚妹强大的气场，竟在胜男的金刚拳未落下之际，惨叫着、扇动着大翅膀逃一般地离去，胜男低望一眼水中，水花溅起，一副眼镜竟从水中迎面砸来。

"喂，眼镜。"胜男一把从空中抓住眼镜，攥在手中，英雄救美似的将眼镜递给梁绍禹，却见梁绍禹双臂挥动着，身子慢慢下沉，双手舞动着，一向儒雅沉着的脸上眉头微颦，泛起一阵慌乱，溅起阵阵水花，扑落在她脸上。

他的腿……莫不是抽筋了？

胜男急忙游到他面前，一把抓起他的胳膊："你抽筋了吗？"

梁绍禹愧于承认，人一个劲儿下滑，咕咚咕咚灌下大口不热不凉的水，可是，水中隐隐一股骚味，似乎是刚才那只受惊的天鹅馈赠的厚礼。梁绍禹只得将水吐出来，人下沉着，却又灌入一大口水。

梁绍禹暗暗叫苦。忽然，他觉得身子开始上升，人也跟着飘起来。可是，头晕得他抬不起头来，任身子跟着飘游，他感觉到手中似乎是硬邦邦的锁骨。回过神来的时候，他感觉自己183厘米的身子已被架到了岸上。

"喂，你怎么样，要叫救护车吗？"胜男将视线转移到他的脸上，见他微皱着眉头，急忙问。

"不用，休息一会就好了。"梁绍禹双目微闭，饶是他脸皮再厚，在漂亮女人面前这般狼狈，着实让他脸红。他沉默着，躺在硬邦邦的地上闭目养神。

胜男轻轻帮他取下眼镜，折好放在一旁，刻意端详着这张似曾相识的脸。

她抱起梁绍禹的头，小心地搁置在自己腿上，一面轻轻给他按揉着太阳穴，见他俊朗的眉渐渐舒缓，胜男的心也渐渐舒展开。

"看不出，你照顾病人有一套呢。"梁绍禹如是赞叹。

"我是学医的，而且我丈夫生前身体不好。"胜男举目望着身边的热带森林，林鸟轻鸣，似颂如唱。

"难为你了，那么年轻，就遭遇那么多事。"梁绍禹微微睁开眼睛，目光遭逢一双清水眸子，黑石子似的瞳仁，清清爽爽。

“我母亲生前也身体不好。”梁绍禹苦笑，“所幸的是，她走之前，我一直在她身边，没有什么遗憾。”

胜男有些意外地望着他。

“我母亲是个很好的病人，那么痛，她每次发作的时候，都不出一声，我对她说：‘妈，你叫出来吧。’她摇头，给她翻身的时候，她浑身全都被汗湿透了……”

梁绍禹说着说着，温厚如风吹湖面的嗓音略带沙哑，胜男似有同感地回想着，喃喃地道：“看不出，你还是个有心人。”

“走，咱们继续探险之旅。”梁绍禹起身。

两人穿过热带森林，前面是一堵与森林的绿树颜色一致的门，推开了便是无边的蓝。四壁都是水族墙，红的、绿的、蓝的热带鱼在畅游，一丛朱色珊瑚群在整个空间的正中伫立。

“胜男，抬头。”梁绍禹笑说。

胜男便看到了许久未见的星星。

虽然知道只是天空的幕布，然而她却是惊喜的，七八岁时的一个盛夏的夜晚，跟着大人在楼后乘凉数星星的那份感觉就像昨日重现。

忽然，“天空”中有一颗东西越来越大，从“天空”中滑落，跌入水族箱里，胜男快跑几步，透过水族箱看到了那枚堕入凡尘的星星。自然不是星星，是猩红色毛茸茸的海星星，海星星点点下沉，沉入水族箱底。热带鱼照游不误，它便形单影只地伫立着。

“有人说，海星星是天上的星星掉下来的，因为无法再回到天上，眼睛都哭红了。她以为，无边的大海，梦幻般的海底是它永远的家，其实，她什么也得不到，”梁绍禹信步走过来，微笑轻语。

胜男忍不住蹲下身，细细端详着那枚海星星，海星星一动不动站在水族箱最底端，一只蓝色的小鱼游过来，撒娇似的蹭着它，又游过一只更小的橘色小鱼，围着海星星打转，胜男看得出神。

忽然，就有一只长着动物脸的绿色鱼冲上来，吓得两只小鱼飞速游出去几米，那只大点的绿鱼一头撞在海星星上，海星星微微一摇，倒了下去。

“起来啊海星星！怎么可以让那只个头没有你大的鱼撞翻！”胜男双拳紧握。

可是，海星星一动不动地躺在水族箱内，睡着了一般。

“你怎么能让人家随便欺负！你傻啊！”胜男激动地跺脚，拳头捏得啪啪响，站起身来，垫脚望着水族墙壁。

“喂，你怎么了？”梁绍禹走上前，按住胜男瘦削的肩膀。

“我想把那颗海星星取出来，她其实应该和那两只小鱼在一起的……”胜男说着说着，眼圈一红。

梁绍禹借机一把将胜男拥进怀里，声音柔软若温润的玉石：“难过你就哭吧，告诉我，怎么了。”

第五章　总有一天，优雅遇见

梁绍禹温暖的大手的温度一缕缕传来，胜男只觉得自己已忍至极限，情不自禁地闭上眼睛，伸出双臂，紧紧搂住梁绍禹的腰。

腰和肋间没有一丝赘肉，后背平滑得像是雕塑刻出来的弧度。可是她丈夫的后背不是这样的。

搂习惯了重病时单薄到肋骨根根分明的梁少游，胜男搂住梁绍禹的一刹那，梦醒般地睁开眼睛。

手指缓缓离开梁绍禹温暖的身体，最后，胜男一把推开梁绍禹，拼命眨一下欲哭的眼，猛倒退几步，以惊人的速度恢复了满脸不自然的微笑："喂？怎么了？你电影看多了吗？我只是同情那只海星星而已，你至于吗？"

梁绍禹怔怔地望着这个女人微红的眼圈和挤出的笑，一股强烈的征服欲排山倒海而来。

为什么这个女人没有被自己迷人的微笑倾倒？为什么，自己在所有女人面前都是魅力绝伦，今天怎么就王子变青蛙了？为什么这个女人明明没有那么坚强，却非要把压力全部施加在自己身上？

梁绍禹浅浅一笑，指着水族馆的一处："胜男，看。"

"亲吻鱼！"胜男惊喜道。只见水族箱里，两只银色的小热带鱼正嘴对嘴不停地亲吻着。

梁绍禹蹲下身，一双如篝火似的眸子盯着胜男的脸。

“下一个屋子是什么？”胜男躲开梁绍禹炽热的目光。

“去看看”梁绍禹缓缓挥臂。

“嗯？”胜男迷茫地瞪着大眼睛望着梁绍禹。

“走。”梁绍禹不动声色地微笑。

梁绍禹轻车熟路地打开水族馆的隐形按钮，门被打开，一开门，便有一股强烈的风沙呼啸而来，刮得梁绍禹睁不开眼睛。胜男已站在自己的面前，大臂一挥，一副大义凛然的样子：“快到我身后！”

梁绍禹倒吸一口冷气，一把将胜男老鹰抓小鸡式地按进怀里，“无论你是金刚妹还是钢铁侠，男人永远是女人的避风港，你懂不懂？”

刚说着，风停了，胜男从梁绍禹怀中游鱼似的迅速滑出，盯着眼前的一派景象，情不自禁地张开嘴巴。

眼前，竟是真正的荒漠之地，沙子是真的，换句话说，两人来到一片小的沙漠。忽然，一阵温暖的口哨音乐如水般传来，像是午后一对情侣的花间接吻，又像是晚上如钩的月亮幻做一艘小船，朝着银河悠悠飘去。

胜男好奇地冲着那阵如盘旋在天空中的乐曲走过去。梁绍禹的唇角和眼梢挑起不易察觉的笑。

沙子踩在胜男的脚下，窸窸窣窣，胜男想起去年夏天，她曾带着延延和文文回孩子们的奶奶家，文文带着延延在沙滩上赤脚跑着，时不时会因踩到一个小螃蟹或者小虾大叫一声，一个浪花打过来，两个小家伙飞似的向岸上跑。

胜男干脆拖下会馆提供的拖鞋，挥开双臂，大步向前奔跑。

梁绍禹却信步沙漠，看见胜男抱着双膝坐在一个耸起的土丘上，走过去。前方是一个电视墙，乐曲从墙上袅袅传来。

梁绍禹慢慢坐在胜男的身边，富有磁性的声音从他喉中幽幽传出：

Moon river，wider than a mile
I'm crossing you in style some day
Oh，dream maker，you heart breaker
Wherever you're going，I'm going your way
Two drifters，off to see the world
There's such a lot of world to see
We're after the same rainbow's end，waiting round the bend
My huckleberry friend，Moon River，and me
（Moon river，wider than a mile）
（I'm crossing you in style some day）
Oh，dream maker，you heart breaker
Wherever you're going ，I'm going your way
Two drifters，off to see the world
There's such a lot of world to see
We're after that same rainbow's end，waiting round the bend
My huckleberry friend，Moon River，and me

胜男默默盯着电视墙上的如血落日缓缓下落，落入大漠中，孤寂凄清的大漠就升起一个弯弯的月亮。

"月亮河吗？"胜男继续盯着电视墙上深蓝的天。

“对，《MOON RIVER》。”梁绍禹耐心解释。解释完毕，优雅而绅士气十足的歌声从他的唇间传出。

月亮河，宽不过一英里。

总有一天我会优雅地遇见你。

优美到让人心颤的口哨，伴着梁绍禹完美的歌声，在胜男的耳畔婉转。她恍惚间回到了自己的童年时代，掏知了，打篮球，打男生，还有乘一叶小舟，飘向一个不知名的远方。胜男瘦削而坚毅的小脸上，慢慢地舒展出一个童贞的微笑。

梁绍禹亦是谦谦一笑，起身，微微欠身，挥起绅士臂：“小姐，愿意陪我跳一支舞吗？”

可是，胜男的笑容在脸上僵住了：“我……我，我不会。”

“没关系，跟着我的步子就可以了。”梁绍禹笑道。

胜男只得起身，在《MOON RIVER》的慢曲中，她的五根五指山似的手指和梁绍禹修长的手指交叉。

梁绍禹默许了这种手手缠绕的握手方式。

梁绍禹指导着：“横移，左二，前一，后一。”

踩脚，踩脚，再踩脚。

梁少游低头看一眼自己被踩的全是沙子的会馆的拖鞋，嘻嘻一笑：“没关系。”

“还是别跳了吧。”胜男擦擦额头的汗珠，内疚地坐在沙丘上，正在此时，蓝色月亮的屏幕突然变幻。

屏幕上，纽约第五大道上空无一人。

忽然驶过一辆出租车，下来一个穿着黑色晚礼服的窈窕女子，独自伫立在蒂凡尼珠宝店前，脸颊紧贴着橱窗，手中拎着一个牛皮纸袋，边吃着袋里的可颂面包、喝着热咖啡，边以艳羡的目光，观望着蒂凡尼店中的一切。

在大漠中看电影《蒂凡尼的早餐》。看着奥黛丽·赫本在窗边唱歌时，胜男忽然意识到，这意味着什么。

胜男腾地从沙丘上站起："我要回去了。"说完，撒腿便跑。

胜男一面向自己的房间奔去，一路上有一种说不出的委屈让她强烈抗拒着，终于回到自己的房间，一进门却被别人骂了："卓胜男，你大爷！"

胜男迎面一看，不是别人，却是西装革履地坐在床上搂着延延的家琪，家琪的小眼不大，满眼焦渴，一如做好饭等妻子归家的好丈夫。

"我在这里等了你一个多小时，你和那个四眼田鸡去哪里鬼混了！"延延被他抱在怀里，睡得迷迷糊糊的。

"干吗骂我？延延睡了，你别吵醒他。"胜男说。

家琪单手抱着延延，另一个胳膊逮着胜男就往外拖："赶紧跟我走人！"

这时候，睡得迷迷糊糊的延延微微睁开眼睛，咕咕哝哝地说："家琪，你这叫棒打鸳鸯。"

"你知道个屁！睡你的觉！"家琪微微颠了一下延延，使着蛮力将胜男拖到车上，一路上，家琪一言不发。

北京的通州区在晚上万家灯火。远远看去，格格窗户映出的灯火闪烁着足以让人温暖的温度，仿佛皆是一个个毫无缺憾的温暖家庭。胜男默默盯着那微黄的灯火，莫名羞愧着，怀抱着延延，回想着刚才的一幕幕，却对梁绍禹一点恨意也没有。

家琪没有放音乐，沉寂到让胜男心虚，胜男情不自已地哼起轻柔的《moon River》：

Moon river，wider than a mile

I'm crossing you in style some day

刚哼了两句，就被家琪气哼哼地打断："闭嘴！优雅遇见你的都是披着人皮的禽兽！"

胜男的家虽然也在通州，却是离朝阳不远的地段，晚上八点后已不是高峰期，不一会儿，便到达雅典圣苑。到家之后，胜男匆匆走进自己的卧室，家琪地把文文的门使劲敲开，大声命令："文文，今晚延延跟你睡。"

文文微笑着摇头："拒绝，延延又磨牙又说梦话。"

"他就是尿床你也得和他一起睡！"家琪一双小眼睛瞪得大了些。

"干吗？不准欺负我妈！"文文将门口堵得严严实实的。

"家琪，你有什么话不能当着两个孩子的面说吗？还有，你的卡还给你。"胜男已从卧室出来，手里的粉色卡片像是一把犀利的刀子，刀刀割痛家琪的双眼。

家琪盯着胜男手中的银行卡，轻轻微笑，笑着笑着，眼睛里便有了些许伤痕，之后，冷笑了几声，年轻而桀骜的脸有些微红。

"我给你的就是你的！"家琪怒道。

"我不用你可怜，我能养活他们！"胜男咬着唇，狠心道。正在这时候，胜男的手机响起，胜男一看，果然是梁绍禹。

刚要接起，被家琪一把夺过来挂断，顺手扔到地上："卓胜男，你是瞎子！"一边骂着，浓黑的眉毛密密抽紧着，指着胜男的鼻子，缓缓地说："我知道，这几年有很多男人追过你，你不是都拒绝了吗？他们都不是真心的！只有我，我失去父母之后，只有梁叔对我好，在我看来，他的家就是我的家！而且他娶的女人正是我爱的女人，我要给你幸福，给你一个完整的家！"

胜男抬眼望着家琪，心下一阵湿热。她站在原地，默默地抠着手指甲，一股内疚与心虚像一个透明的大罩子，瞬间将她笼罩起来，严严实实，密不透风。

文文见势，只得接过熟睡的延延，将他放回胜男的卧室，一面关上门，将脑袋堵在门上偷听。

“你不是喜欢成熟的男人吗，我从今天起开始穿西装，我再也不工作的时候翘班了，我要做个成熟的男人，我要你今天就答应我，做我女朋友！”

“家琪，你到底看上我什么了？求你换个目标好不好？”

“不换！没有人比我更喜欢这个家！”家琪固执地抓住胜男的胳膊。

胜男一把挣脱开家琪的手，刻薄的话却再也说不出口。

忽然，家琪冲进厨房，胜男急忙追进去：“家琪，你干什么！”

家琪拿起一把菜刀：“你说我威胁你也好，说我强迫你也罢，你必须做我女朋友！不然我就割腕！”

胜男飞起一脚，家琪应声倒地，胜男冲上前去夺菜刀：“你割吧，正好我明天早起炖猪蹄！”

家琪揉着被踢痛的胸口，一双小眼睛突然眨巴眨巴：“你狠！这样，我给你一天的时间考虑！今天太晚了，我要住你们家客房！”

“你……”胜男无语。

这时候，已经转身的家琪回头，抛出一句孩子气十足的话：“你明天不答应我的话，我还要自杀！”

胜男没好气地瞪了他一眼。

可是，她一夜无眠。

胜男找不到不答应他的理由。两人打打闹闹那么多年，给彼此一个机会，似乎也不是个坏事。可是，胜男却也实在找不到答应他的理由。喜欢吗？谈不上，可的确不讨厌。可是，她觉得自己配不上他。

想着想着，胜男口干舌燥，舔一下嘴唇，唇上凸出一个疙瘩，竟冒出一个水泡来。腰间的小胳膊越来越紧，原来，延延翻了个身，将她搂了个严实。

再过半小时，两个小家伙就该晨练了，自己也该起床做饭了。闹铃声终于响起，胜男炸弹似的爬起，开始准备早餐。

“狗熊是怎么笨死的？”

忽然一声吼，不用问，肯定是家琪。

“你不是说笨死的吗，还问？”胜男有些奇怪。

“不对！是不如你笨，让你气死的！”家琪一把夺过鹅肝酱的碟子，“我给你做，学着点！”

家琪挽起毛衣袖子，刚将鹅肝倒进锅里，眨巴眨巴小眼睛：“嗯，我吃过，不过不会做。”

胜男看了一眼家琪，哭笑不得：“吃饭！”

终于待到饭后，孩子上学，家琪去了广告公司，胜男终于得空打电话，电话那头，母亲听完胜男的诉说，在绵长的叹息之后，语重心长地道：“给人一个机会吧。”

母亲总不会害自己，可是……胜男急忙问：“为什么，妈？”

母亲略带无奈和心疼的声音透过电话缓缓传来：“孩子，现在的男人太现实了，除了他，你敢保证有谁不是看着你的房子来的？这样的话，你能得到幸福吗？再说了，你都二十八了，现在的男人都想找年轻的，还想找个什么样的？都说宁可找个爱你的，也不找个你爱的，我看家琪行。”

胜男听母亲说一句，心沉一下，听到最后一句时，却努力让自己的心挣扎上来：“可是，他比我小，等过几年我不漂亮了，他还会喜欢我吗？”

母亲嗔怪着：“傻孩子，婚姻难道是用长相维持的？嫁过去，赶紧给他生个小的，你们的感情不就牢固了？”

“生小孩？”胜男想起文文和延延，手心冒出一层汗，心中也尴尬起来：“会不会想得有些远……”

可是，那天晚上，家琪并没有像往常一样出现，也没有在快半夜的时候来蹭住，第二天也没有出现在胜男家中，胜男将电话拨过去，竟然是关机状态。

早上，胜男收拾完碗筷，再度拨出家琪的手机号码，电话的另一头依旧是温柔的女音：“对不起，您拨打的电话已关机。”

胜男将自己排骨似的身子埋进沙发里，抱着话筒开始琢磨：家琪该不会出了什么大事吧？她依稀记得，几年前，他父母出大事的时候，他曾像个小孩子一样任性地躲起来几个月。胜男长叹一声，心像被起重机吊起来似的，有些抽紧。

文文已经送延延去幼儿园了，顺便自己也去上学了，趁这空档，她将所有的衣服口袋都掏过好几次，翻到的钢镚和纸票加起来不过百。每逢周五，孩子们赶上周末，都要去吃一次比萨自助，三个人总是不够的。虽然她刚找到一个活计，可是，钱来得哪有那么快。

胜男摸摸嘴唇上的水泡，看一眼茶几上的银行卡，拿在手里摸索着，待银行卡被呵出一汪热气时，她坚定不移地将其放回了原处。

穿外套，那件白风衣还是四年前丈夫病情稍微缓解时陪她去买的，不愧是他的品位，现在看起来，依旧品质优良且线条流畅。

胜男素来没有公交车缘，每次乘车，必定要等 20 分钟以上，这次亦是如此。等着等着，她便见一辆宝马 X6 向自己这边缓缓开过来。

“去哪里，我送你。”梁绍禹的车窗摇下，脸上洋溢着足以迷倒所有女性的微笑。

“去菜市场。”胜男一阵心虚，但见从身后驶过一辆公交，也不管是去哪里的，从包里掏出公交卡便迎了上去，梁绍禹望着那逐渐融入人群中的高挑背影，唇角的弧度加深。

胜男的心中，那人的形象也日益加深。上午八点，上班高峰期，与一帮上班族挤在一起，抬头一看，公交车把手早已被抢光。

胜男仗着自己腿长，一抬手，抓着公交车上头给男乘客准备的铁横栏，胜男只觉得浑身发热，额间和背后都布满了大片汗丝。

“不去想了。老老实实地和家琪过完下半辈子吧。”胜男狠狠地将双目一闭，再次睁开眼睛的时候，手黏糊糊地从铁杆上滑下，心中暗骂：“大爷的，想跟他的时候，他去哪了？”

窗外，各色车流像赶集似的，公交车站台处，一辆辆单层的、双层的公交车像一只只巨大的口袋，一下子便涌入大批上班族，盒装豆浆被挤得四处喷溅，握着煎饼果子的油手也不知道推在谁身上。赶到银行时，前面的号码已经排到100多了。

取完钱之后，已是中午，胜男啃着面包回到家里，开始手脚并用地忙新接来的稿子，忙着忙着，门铃响了。抬眼看向窗外，原来天色已暗。起身，揉揉坐得又酸又痛的腰，开门时，只见文文牵着延延的小手，两个人在门口乐得像两朵花。

“美女。”文文笑出一口白牙。

“美女妈妈。”延延也跟屁虫似的附和着。

“文文，记得以后出门带钥匙。”胜男晃晃几乎要抬不起来的脖子，只见文文凑上来，又是给胜男捏肩膀，又是给胜男捏脖子。

“臭小子，干吗？”胜男故作不知地享受着。

“美女大人，今天可不可以去吃日料。”文文嬉皮笑脸着。

正说着，只见延延捏着那张银行卡跑过来：“让家琪请！”

胜男摇头：“妈妈请！”说完，便套上她的外套，领着孩子们去路边拦出租车。

一家三口高高兴兴上车，刚下车，却见一对男女在三人之前进入餐厅，那个男的，化成灰胜男也认识，不是别人，正是陈家琪.

“妈妈，为什么家琪和别的女人在一起？”延延好奇地问。

胜男打量了一眼那女人的背影，只见她身材窈窕，看样子至少不比胜男矮，穿一件风衣，一双细腿在深蓝的铅笔裤中愈显修长笔直，足蹬一双灰色滑雪靴，让她从背影看上去修长高挑又可爱，摩登挺拔又俏皮。

文文戳戳胜男的胳膊：“美女，看人家怎么穿的。”

胜男心里咯噔一下，于是意识到，自己整日里赚钱写稿子、洗衣服、买菜做饭，已经与时尚完全脱节。

延延眨巴眨巴大眼睛，干脆从胜男的手中挣脱出来，快速跑几步，扯住家琪的手就晃：“爸爸！”

陈家琪一听，手一抖，垂头看了一眼延延，再看看那个摩登的女孩子，一双眼睛瞪得像金鱼。

陈家琪迅速扭头，只见胜男和文文并排站着望着自己，文文又长高了，高度已到胜男的耳朵边了。

“你儿子？”那女人看了一眼延延，酸溜溜地哼一声，摸摸延延的小脸蛋，“好漂亮的男孩子，她妈妈一定很漂亮吧？”

家琪看了一眼胜男迅速扭过头去，周身颤抖着，一言不发。

“喂，跟你说话呢。”那个女人自来熟地将胳膊搭在家琪强壮的肩膀上。

“嗯……还成，就是胸小点儿。”家琪强压住自己的情绪，淡淡地说。

“妈妈！”延延大声喊着，又跑回胜男身边，牵着胜男的大手。

家琪身边的女人转身走过来，一头长发在风中飘舞。

头发甩过之后，露出庐山真面目，文文盯着那女人，一双大眼睛差点脱眶而出。

胜男的嘴巴张成“O”形。

兴许，这个女人三十年前是个不折不扣的大美女，可是，现如今她早已红颜迟暮。

“琪琪，这是你媳妇？”那个女人拍拍家琪的脸，笑问。

“不是。”胜男说。

“是。”文文说。

“是。”延延看了一眼文文说。

第六章　良辰美景，蓦然回首

那个女人一愣，精致的眉毛不自觉地一动，将胜男从头到脚打量了一番，继而唇角一挑，冷笑一声。

“现在的男人娶老婆就图个子高吗？女人娶回家是用来晾衣服的吗，亲爱的？”那女人微笑着冲家琪热讽着，仗着自己个子高，脸几乎要贴在家琪的脸上了，家琪铁青着脸，迅速倒退一步。

胜男不客气地回击道：“难不成你家的衣服洗了都不用晾？”

老女人杏眼一瞪。

家琪亦是一愣：“胜男！”

两个女人四目相对，北风迎面刮起两人的长发，像是要刮起一场腥风血雨。

“家琪，没你的事。”胜男狠狠瞪他一眼。

那个女人不由得对中气十足的胜男刮目相看，一双掩饰不住老态的眼睛羡慕地看了一眼胜男没有皱纹的紧致皮肤，刚要感慨，便被家琪一把拖进去。

延延撒腿就跑，刚要跟上去，只见家琪将一双小眼睛瞪得像青蛙一样大，指着延延的鼻子恐吓着：“不准过来，你要是跟上来，长大之后比小矮人还矮！”

延延刚一站下，又撒开一双小腿跟上去，只见家琪继续恐吓：“比你爸爸身体都不好！”

延延一听，果然瞪着一双滴溜溜的大眼睛，乖巧地站在原地。

那个女人却捏捏家琪略带憔悴的脸，十分暧昧地摩挲着：“你身体不好吗，你可是我见过的最棒的……”话音未落，已被家琪气急败坏地拖了进去。

延延和文文齐齐地望着胜男，只见胜男抄着双臂，一副兵来将挡的架势：“谁管他！咱们吃咱们的！”

“家琪，一起吃吧，你买单。”文文一把拦住他。

“爸爸，买单！妈妈赚钱很辛苦！”延延也摇晃着家琪的手。

家琪的小眼睛黯然一闪。

那女人还没说完，就被家琪生生打断：“够了，走。”

胜男打量着那女人的满脸亲昵，鸵鸟般横亘在家琪面前：“一起吃顿饭吧，几天没回家了。”

家琪抬头望了一眼胜男满是期待的大眼睛，心跳得咚咚的，忍不住慌乱地揉揉自己的头发：“好。”

胜男见陈家琪勉强微笑，却掩饰不住那落魄之态，更是心生疑惑。

“不给介绍一下吗？”胜男好奇地问。

“我姑妈——哎吆，家的表姐，莉莉。”家琪在自己的鞋被那老女人狠踩一脚的时候，改口道。

“文文，延延，叫姑姑。”胜男礼貌地下令，却隐隐判断这人绝不是家琪的表姐，表姐没有那么老，更不是家琪的生意伙伴，生意伙伴大可以大大方方介绍，那么，这个人是什么人？

“姑姑。”

“姑姑。”

“真乖，这顿姑姑请。”

这个秋天比往常更冷些，凉风嗖嗖吹来，一场剑拔弩张的饭吃完之后，从餐厅出来，胜男蹲下身给延延将棉衣上的帽子扣在小脑袋上，文文牵着延延的小手，用身体给他挡着风。

出租车没等到，却见一辆保时捷停在自己面前。

“胜男，等车吗？我载你们一程？”开保时捷的女人摇下车窗，果然是张颖。

只见张颖探着身子望了一眼文文牵着的延延，笑得跟慈母似的：“延延小朋友，你好呀！”

胜男一把将延延挡在自己身后：“我们有车接。”

张颖满是痛惜：“幸亏有车接，不然可怜的小宝贝在大风中挨冻，多不好。”

“关你什么事！”胜男气得浑身哆嗦，平坦的胸也一起一伏着。

正在这时候，胜男的手机铃声救急般地响起，接起来，却是那个温润滑糯的声音：“胜男，你在哪？”

“管你……我在桦阳路！”情急之下，胜男竟忘记那个被称之为色男的男人的不好。

“这么巧，我也在。”电话那头，温柔的男声在她耳畔响起，像是溪流般缓缓滑过，又像是飞在空中的白鸽，盘旋着，盘旋至她身后。

回首，那个人一袭烟灰色的风衣迎着风轻摆。

“原来你也在这里。”张爱玲经典的名句从他的口中像花蕊般吐出。

霓虹灯照在他脸上，让那笑得云淡风轻的脸多了几分温情，添了几分热情，又增了几分雪中送炭的恩情。

胜男的心里忽然就响起沙漠里的那首温暖而古老的歌：

Moon river，wider than a mile
I'm crossing you in style some day

总有一天，我会优雅地遇见你。

胜男抱起延延，冲梁绍禹感激地一笑。

“妈，车来了！快走。”文文也敦促胜男。

梁绍禹挂掉电话，上前走几步，一把将延延抱过来：“小伙子，有没有想我？”

延延眨巴着大眼睛：“想，妈妈每天早上的豆腐乳都用鹅肝酱！”

梁绍禹忍着笑，将延延放到他的副驾驶座上，胜男下意识地将延延紧紧抱住。梁绍禹冲胜男又是一笑。车子发动起来，像月光下流淌的溪水，是那首《moon River》。

胜男抱着延延的手情不自禁地跟着节奏轻轻打起节拍。

胜男没有注意到，那辆保时捷上有一双气急败坏的眼睛正怒视着自己。

自从那日归来，这几个晚上，梁绍禹一直没有空闲过，留恋于各种女儿香，身心极度疲惫让他愈加寂寞。于是，他早上才会出现在胜男家的门口。只是，所有的征服欲却扼杀在她早上的那句“买菜”上。

“你这些年一直靠写稿子养家，文字功底应该不错，我们公司正在招人，要不你去试一下？”梁绍禹说话时，语气缓和认真。

胜男惊异地望着梁绍禹：“我？我完全没有经验。”

梁绍禹笑说：“文字功底好的人转型会很快。你可以考虑一下。”

胜男不作答，将延延的外衣捂紧了些，延延抗议着：“妈妈我热。”

胜男一愣，只听梁绍禹笑说：“广告教皇大卫·奥格威说，‘创作成功的广告是一门手艺，一部分靠灵感，但是基本上是靠知识和勤奋，如果你具备一定的天赋，而且知道什么技术对收款机有作用，那你就能长久地干下去。’你既然能够写书卖出去，这证明你是有灵感的女孩子，对自己没有信心？”

胜男垂头沉默着：“可是，我真的不熟悉。”

路并不远，车已开至雅典圣苑门口，门卫一见宝马车，忙不迭地放行，驶入胜男家楼下，刚一停车，未等梁绍禹表现绅士风度，胜男已抱着延延下车。

梁绍禹起身猛了些，眼前忽然就一片漆黑，胸口亦是憋闷得喘不过气来。

“这么晚了，我就不进去了，胜男，小伙子们，晚安。”梁绍禹一把扶住车身，努力露出一个浅淡的笑。心跳加速的感觉，伴随着眩晕的感觉凶猛而来。

“叔叔再见！”

“叔叔再见！”

梁绍禹听到两个孩子的声音似在远处告别，顺着声音挥手。

待人声消失时，梁绍禹的腿脚也瘫软下来。勉强支撑着身子，扶额，粗喘，把着车门在黑暗中摸索着，跌跌撞撞地将自己的身子重重地扔回车里。

眼镜已不知甩到了何方。

摸索出一个没有包装的药瓶，胡乱拧开，往手里胡乱地倾倒，药片纷纷撒在车上，胡乱往嘴里按进去两片，梁绍禹脱力地将额头垂在方向盘上，双臂紧闭。

忽然，唇间多了一个硬邦邦而湿润的东西。

梁绍禹摸索着，知道是水瓶，仰头急喝一口，却因为太急，呛红了脸，一口水全部喷了出来。

“咳咳咳……”

梁绍禹感觉到有人在砸自己的后背，疼，却让他舒服了些。可他依旧晕得睁不开眼睛，只觉得自己的风衣被活活剥下来，西装被扒了下来，领带也被扯了下来。反应过来的时候，一口清甜的水已微微入喉，一只有力的手在安抚着他的胸口，心悸的感觉，顿时缓减了许多。

待他终于能睁开双目，眨一下眼，一个模糊的长发影子映入眼底，再眨一下眼，一副眼镜架在自己鼻梁上，便看到一个女子正满脸关切地坐在自己身边。

“谢谢。”梁绍禹说。

“该我谢你送我们回家。”胜男说。

“回家可以用很多种方式，人命却只有一条。”梁绍禹笑说。

胜男盯着梁绍禹的倦容，记忆便飘回了五年前。五年前，自己将晕过去的梁少游吃力地搀回家中，用酒精棉花一次次在还没成为自己丈夫的梁少游的脸上、脖子上、胳膊上擦拭，后来，干脆剥开梁少游的第二颗纽扣，正在这时候，梁少游却不合时宜地睁开了眼睛，一把抓住胜男的右手……

“你怎么了？”梁绍禹见胜男一双眼睛怔怔地望着前方，只得问道。

可是，胜男却依旧没有缓过神来，一双眼睛迷茫着，梁绍禹伸出优雅修长的手，在胜男面前轻晃，胜男这才如梦初醒。

“你怎么了？”梁绍禹笑问。

“没什么。”胜男有些慌乱地说。

梁绍禹勉强起身，却被那股始终未消除的眩晕感击倒，重重跌了回去。于是，尴尬地笑笑，说："我是多愁多病身啊。"

胜男道："对了，要联系你的家人和朋友吗？"

"家人？"梁绍禹苦笑，"没有。朋友也不必了，我休息一下就好。"

胜男端详着梁绍禹凄楚的嘴角，心中有些纠结。让他在家里留宿一夜？可这是少游哥留给她的房子，不留他，情况却不允许。

挣扎的感觉，像是小时候初生的新牙，顶得自己的牙床痒痒的，像是雨后的春笋，顶得泥土微翻。

"你的家不在这边吗？"胜男端详着梁绍禹双目微闭的脸，小心翼翼地问。

车内异常安静，只有梁绍禹微乱的呼吸声息息拍打在胜男心上。

"如果定义为一个居所，在这边。"梁绍禹略一思忖，光线幽暗的车内，他的眸子不易察觉地一黯。

通常，在这种情况下，他该做的是以自己的忧郁魅力征服对方，可是，今天似乎情况有点特殊，然而，空气中却莫名涌动起一股暧昧，暧昧得像与海忽而相交接，忽而融为一体的夜天。

"梆梆，梆梆，梆梆梆。"

敲车窗的声音响亮而急促，声音中带着几分欢喜，几分促狭。

梁绍禹摇下车窗，只见车外不是别人，却是胜男家的小男子汉，文文。

"梁叔叔，你没事吧，妈妈说你好像不舒服。"文文揉了一下自己垂到眼前的松软中发，打量着梁绍禹稍显疲态的脸。

梁绍禹晴朗一笑："谢谢你，我没事。"

胜男如梦初醒，一把推开车门，冲文文说：“文文，你先照顾一下梁叔叔，我去叫辆出租车。”

梁绍禹摸摸自己英挺的鼻梁，忽然就觉得男人的自尊像一座山底被打了洞的高山，山顶呼啦啦地开始掉石块，使那颗逞强的心瞬时坚硬如钢。

梁绍禹死撑着身体打开车门，笑说：“我真的没事。”刚说完，又是一阵头晕。就这样，梁绍禹如愿以偿地被两人一左一右地扶至梁家的客房。

几天的纵欲过度，让他的四肢百骸都生了锈似的，他迷迷糊糊闭了双眼，却不知道，隔壁的房间里，有个人此刻双手抓着亡夫的睡衣，揉成一团。

梁绍禹第二天醒来时，已是早上 9 点 15 分。

鉴于头一天晚上睡得出奇得早，深吸一口气，空气都像被洗过似的，他伸伸懒腰，被子从肩头滑下，飘散的洗衣粉味道是她身上的。

推开门，偌大的房子出奇得安静。两个孩子似乎还在睡着，隐隐地还有一股海鲜的饭香，似乎是海米和牡蛎的味道。

梁绍禹继续向前，走到大厅，只见浅黄色海蓝底的茶几上，摆着一个正嗡嗡作响的白色笔记本，笔记本前面的人却坐在地毯上，斜倚着沙发睡着了。

梁绍禹想给她披一件衣服，摸摸自己身上，却只有一身睡衣。

索性坐在睡美人的旁边，端详着她姣好的眉，高而瘦削的鼻，忽觉肩膀上一沉，原来胜男的脑袋一歪，倚在了梁绍禹的肩膀上。

梁绍禹不忍惊醒她，便让她倚着自己的肩膀。

梁绍禹忽然觉得心像被细密的小针扎过似的。肩膀上忽然就湿湿热热的，梁绍禹低头一看，胜男竟把口水流到了他的睡衣领上。

梁绍禹会心一笑，从茶几上取下一张面巾纸，刚要给她拭去口水，却又将纸搁在了桌上，伸出那双漂亮的手，刚要触及胜男的白皮肤，只见一双大眼睛瞪着自己，比灯泡还亮。

胜男嗖地爬起来，站在一旁，随手抹一把口水："不好意思。"

梁绍禹勾起唇角一乐："没事。以后不要起得太早。"

胜男点头："嗯，不过，这个稿子比较急，而且……"

梁绍禹接下去说，"而且，付款会比较快，是不是？"

胜男转移话题道："身体好点了吗？"

梁绍禹站起身，摊手："没事了。今天中午请你们家的小男子汉们吃螃蟹，怎么样？"

"不用了。他们要上学。"胜男一面说着，抬起头，心中又是一阵狂跳。

亡夫的睡衣穿在他身上，果然将那份慵懒与优雅演绎到极致，像是一杯午后的红茶冒着热气与浓浓的香气。

急促的电话铃声响起。

胜男急忙接起来，果然是家琪："喂，我这几天有事，你找我的话打这个电话！"

胜男还未回话，便听电话那头一个略带东北腔的女声："哎，你要黑色的内裤还是蓝色的？"

"你这几天到底在做什么？"胜男回话道。

电话那边已然挂断。

梁绍禹便问："怎么了？"

胜男捂住脸，浑身颤抖着。

梁绍禹见状，倒一杯热水递给她：“别着急，慢慢说。”

胜男依旧捂着脸，良久才挤出几个字：“我怀疑……家琪出事了。”

梁绍禹拍拍胜男瘦削的肩膀：“也许只是个误会。”

第七章　诺丁山的规则

正在这时候，文文伸着懒腰，打着呵欠，从自己的房间踢踢踏踏地走出来，见胜男的五官拧成一团，又见梁绍禹正拍着她的肩膀，便忍着笑走上前，语重心长地劝诫道："妈，高兴点，你们都不是孩子了，梁叔叔会对你负责的。"

胜男拍了一下文文的脑袋："没空和你胡说，家琪好像出事了。"

"出事？他能出什么事？"文文一脸淡然。

胜男见文文满脸的事不关己，气得再拍了一下文文的脑袋："你这个孩子，怎么能这么冷漠！你爸爸生前把他当自己的侄子看，你就不能把他当你的大哥？"

此时，延延也从卧房里跑出来，笑眯眯地冲每个人打招呼："大家早！大家早！大家早！"

延延见文文和胜男没有理他，便抬起小脑袋看了一眼梁绍禹："咿？梁叔叔？妈妈昨天晚上留你过夜了？"

梁绍禹淡淡一笑，心中不得不开始佩服梁家的这两个小男人。

"叔叔昨晚不太舒服，幸好你妈妈和你哥哥在。"梁绍禹耐心地回答着，顺手刮了一下延延的小鼻子。

"我妈妈很好吧？"延延满脸的自豪。

梁绍禹抿嘴一乐，还未反应过来，延延已拖着他的手，把他往卧室里拽："叔叔我给你看样东西！"

文文也揉揉胜男的头发："实在不行，找你的警察朋友帮忙调查一下吧。"

胜男点头，犹豫了一下，口中默念出一个几年未易的手机号，她的第一任男友，凌查理。

凌查理是个白皮肤，高个子，长着一对丹凤眼的冷酷小刑警，五年前，胜男刚来北京的时候，因为一件刑事案件而与他相识，之后，两个人时常打打篮球，逛逛街，感情纯得像一首朦胧诗。然而，交往了一段时间之后，他终究发现胜男更爱那个英俊成熟的男人，于是好心退出，两人逐渐变为朋友。

嘟了两声，电话便已拨通。

"有什么需要？"凌查理在电话那头说，声音一如既往的简洁。

"查理，家琪好像出事了。"胜男说。

电话那头沉默了几秒钟。

"嗯，他两天前问我借过钱。"凌查理回答。

"他借了多少？他欠人很多钱吗？"胜男紧张地问。果不其然。

"二十万。"凌查理说。

"他好像……出事了。他的自尊心那么强都能走到这一步，我怀疑出大事了。"胜男说着说着，手心已出了一把汗。

电话那头，又是一阵沉默。

"等我电话。"凌查理雷厉风行地说。

胜男放下电话时，文文紧紧握住她的手："家琪看来真的出事了，但是他会扛过去的，你放心好了。"

胜男咬唇，点点头。忽然，文文凑到她耳边："唉，美女，备胎该换了。"

文文刚说完，便左右张望："咿？备胎呢？"

此时，延延正用小手拽着梁绍禹一本正经地说："叔叔你看照片！"

梁绍禹不必延延说，便留意到双人床上端的那张偌大的彩照，照片上的那个男子，头一次让他产生了高山仰止的感觉。

梁绍禹从来没见过和自己长得如此相像的男人。无论是他恬然的眉宇还是那双深沉似海的眼。梁绍禹自信五官丝毫不输于这人，可是，他真的被这个人的双目打败了。

梁绍禹接受的大都是西洋文化，四年的法国求学生涯给了他一生都用之不尽的优雅浪漫，也毁掉了他对爱情的信仰，让他的眸子里多了几分迷离少了几分沉淀。然而，照片中的男子，眸子深沉儒雅得像古代羽扇纶巾的才子。

梁绍禹就这样怔怔仰望着照片上的男人。

"延延，怎么可以随便带人进卧室？"这时，胜男冲了进来。

"没关系。胜男，你的丈夫看上去可敬又可爱。"梁绍禹盯着照片上的男人发自肺腑地说。

"谢谢你。"梁绍禹这句听似由衷的赞美，让她激动到几乎要落泪。

正在这时候，一阵轻快的爵士乐响起。

梁绍禹接起电话，便听到顾菲倾倒苦水："梁总。你塞给我的那个女模特是不是有点太难伺候了，而且连续两天她的状态都不对，我想，她再这样的话，我要求换人。"顾菲毫不客气地说。

梁绍禹略一思忖，回复道："好吧，我过去看看。"

说完，挂断电话，便对胜男说："我就不打扰你们了，我还有事,谢谢你们昨晚的收留。”说罢,探下身轻吻延延的小脸蛋,然后转身离去。

忽然，一阵刺耳的铃声响起来，胜男放下筷子去客厅接起电话，只听凌查理直截了当地说：“查到了。”

胜男急忙问：“怎么样？”

凌查理简捷而严肃地回答：“他出大麻烦了。”

“什么麻烦？”胜男的心一下子提到了嗓子眼里。

“他的合伙人把他的钱全部卷跑了，人已不知去向，留给他一百多万的高利贷欠款，加上员工工资和收了订金却已无法履行的合同赔款，他一共欠人150多万。”凌查理有些残酷地说。

“他不是还有房子吗？”胜男的心从嗓子眼里开始下坠。

“之前他以他的房子抵押贷款，房子已被银行收走。”凌查理说。

“查理，还有吗？”胜男像牵牛花似的，顺着藤便一路问了过去。

电话那头，沉默了一阵。

“回答我呀。”胜男问。

凌查理冷冷道：“他要结婚了，他最近在一家会所打工，名叫诺丁山。”说完，将电话挂断。

胜男忍不住叹息一声。她摸起茶几上的电脑，迅速检索出地址，写在手心上，抓起一件外套，抛下一句：“照顾好你弟弟。”就要动身去开门。

文文跑到门口挥舞着双臂将门挡得严严实实：“妈，你等等，先吃饭。”

两人这才发现，延延正端着一杯豆浆，瞪着大眼睛站在厨房门口看着他们。

可是，这顿饭显然是吃不好了，三个人刚坐下，便听到一阵刺耳的门铃声。

凌查理？还是梁绍禹？

“谁呀？”延延好奇地问。

胜男再次放下手中的碗筷，走出厨房，穿过门拱和大厅，走到门前，透过猫眼，看到了她这辈子最不想见的人。

“胜男，我知道你看见我了，我没有恶意，就是来看看你们。”张颖在猫眼的外头微笑，一张淡粉色的花瓣唇，在胜男眼中却是异样的刺目。

“延延，小延延在家吗？”

延延听到有人叫他，一双大眼睛望着胜男。

“延延，阿姨给你买了很多好吃的。”张颖开始敲门。

胜男一把将延延抱在怀里，单手将门打开，只见张颖大包小包拎了一大堆，一进门，就熟门熟路地将东西堆在地上，一双保养得如玉般细腻的小手拍拍延延的小脸蛋：“延延你好呀！”

延延回头看了一眼胜男。

胜男冲着张颖微笑：“延延，快说阿姨好。”

延延便鹦鹉学舌着：“阿姨好。”

见胜男一直堵在门口，张颖宽和一笑，打量着胜男那副老死不相往来的架势，奇怪地问：“咿？怎么不请我进去坐？”

胜男将延延抱紧了些：“我们马上就要出门了，真不好意思。”

延延却眨巴着洋娃娃似的大眼睛，对胜男说：“妈妈，老师说，对待客人要有礼貌。”

胜男一听，心簌簌地一疼，延延望着满脸堆笑的张颖，再看看几乎要哭出来的胜男，疑惑地用小手牵着胜男的手："妈妈，你怎么了？"

胜男讪笑一声："你请。"

张颖便将大包小包拎到了客厅里，眼皮一跳。

"延延，"张颖自顾自地蹲在沙发前，从自己的袋子中取出一堆吃的，"延延，这是从法国带回来的点心。"张颖将色泽鲜艳诱人的甜点放在桌上，粉色的、浅蓝色的、黄色的、红色的。

延延抬头盯着张颖的脸："谢谢阿姨。"

"不谢不谢。"张颖将延延抱在怀里，延延一双大眼睛望着胜男，视线被张颖的肩膀挡住的时候，胜男已眼圈通红。

文文不知什么时候已端着碗出来，站在胜男背后，拍拍胜男的肩膀，悄声说："美女，别怕。"

两人目睹着张颖打开包装，将点心送入延延口中："延延吃。"

胜男扭过头去，泪不争气地吧嗒一声，滴在原木地板上。

"好吃不好吃？"张颖笑问。

"好吃。"延延说。

胜男扭头便要回厨房，却听延延说："可是我更爱吃妈妈做的早餐。妈妈做的汤可好喝了。"

张颖脸上的笑容瞬间凝固。

文文忍着笑："对了，妈，你不是说吃完饭之后带我们去打羽毛球吗？张阿姨，你也要去吗？"

几乎缓了有半分钟，张颖才继续笑说："我还有事，不去了。延延真乖，阿姨还会来看你，再见！"

延延将鼻子皱成一团："阿姨再见。"

胜男抹干眼泪，冲上前，把延延紧紧搂住。

傍晚时，胜男给自己化了个透明妆——她只会化淡妆，不会化浓妆，她将自己的睫毛涂得长似麦芒，还抹了点腮红，多涂了一层唇彩，她按照自己查到的地址，将公交路线查了个明白，背上她许久没背的名牌包，穿上结婚时家琪送她的浅紫色的羊皮高跟鞋，对文文吩咐："照顾好你弟弟。"便要动身去那个她完全不了解的地方。

"我陪你去！"文文站在门口。

"妈妈、哥哥你们去哪里，我也要去。"延延也挡在门口。

一个大孩子一个小孩子，像是一座小城墙，守护着这个家的最后城堡。

"文文，你在家好好带着弟弟玩，敢不听话的话，罚你们一个星期不准吃海鲜。"胜男装出一副家长面孔，瞪了一大一小两个孩子一眼，推门出去。

"金刚妹，送你双鞋裹住你的三十寸金莲！奥黛丽·赫本都穿这个牌子的！"记忆中，家琪捧着鞋，薄薄的单眼皮掩饰不住桀骜，却含着笑，小眼睛笑成两个小月牙。

"金刚妹，你怎么不穿啊！脸已经长成那样了，脚上得讲究，你知道不？"记忆中，几天之后，家琪盯着胜男依旧穿平底鞋的脚，满眼的失落，像是小孩子丢失了一整套玩具。

转了几次公交，下车之后，抬起头，白色的大理石柱子根根矗立着，像是西方的宫殿外的大柱子，金黄色的灯光打在上面，金碧辉煌。

没有上次梁绍禹带他们去的那里那样低调，取而代之的是华丽无比。走到门口处，门是关闭着的，既无门童，也无招待，胜男瞧了一眼似乎是刷卡的地方，顿时傻了眼。

抬头望向四周，这是一片浓密的树林，树叶在夜风中窸窣窣窣，胜男摸出手机：7 点整。

“没关系，我等。”

可是，胜男双手抄兜，跺着冰凉的脚等了近半个小时，却一个人也没有。

此时，北京已是冬天，饶是胜男再铜皮铁骨，却也鼻子通红，脚指头僵硬起来。

直到她几乎冻成冰块的时候，胜男终于决定打电话给一个人。可是，手机号码搜索出来，刚拨出去，她却按了取消键。

胜男呵着热气，手心里的手机号码先明后灭。

再按时，手机已回至首页，屏幕上的文文和延延笑得像两朵花。

冷风嗖嗖，将她口中的热气一吹而散。胜男打了个寒战，一不小心，竟拨了出去，刚一拨出，便已接通。

“喂，你好。我是卓胜男。”胜男支支吾吾地说。

“你好，美丽的小姐。”梁绍禹此时端着一杯咖啡，半躺在沙发上欣赏时尚杂志上的模特照片。他时常关注这些杂志，若有身材气质能入他法眼的模特，便将彩页整整齐齐剪下粘贴入册，留做日后自家广告的候选人。

“我……我想求你个事情。”胜男深呼吸一口气，鼓起勇气说。

梁绍禹放下杂志，饶有兴趣地轻啜了一口咖啡：“请讲，如能办到，定效犬马之劳。”

“我……我想求你带我去诺丁山。”胜男说完这句话后，冻得发白的脸上蒙上了一层胭脂色。

梁绍禹差点将咖啡喷至时尚杂志上。

梁绍禹第一次出现在诺丁山时，还是六年前。

六年前，在一位资深美女客户的带领下，两人进入满是后现代壁画的地方。当她深刻意识到三千佳丽竟都不如梁某人的一笑之后，干脆将所有的人赶走，整个人像章鱼一样张牙舞爪地慢慢爬上梁绍禹的身子，梁绍禹倒也是个临危不乱的人，缓缓一笑："我卖艺，不卖身。"

老女人一听，轻吐一口烟圈："不知梁总有什么艺呢？"梁绍禹微微一笑，翩翩走到钢琴前，边弹边唱一首《人鬼情未了》的主题曲《uchaired molody》。

"随时欢迎您的加入。"老板一双发绿的眼睛乐得像见了金子。

结果，老板免费赠送给他一张 VIP 终身卡并盛情招呼："没事常来，酒水打八折。"

梁绍禹回忆起来，便觉得这事挺有意思。

"因为，我不想看着家琪误入歧途了，他是我丈夫生前当侄子对待的人，我想帮他。"

"你找我的原因，是认为我无所不能吗？"梁绍禹自然不会将自己的糗事告之佳人。

"是啊，所以只能求你。大不了，我免费给你打半年工好吗？"胜男一横心，咬牙说。

"能帮上你是我的荣幸，无须条件。"梁绍禹盯着杂志上的美女，唇角一勾。

半小时之后，一辆银色的法拉利出现在胜男面前。

今天的梁绍禹穿得比平时休闲了些，内穿纯黑的衬衣，领口敞开着，露出银色的吊坠，显得他贵气十足，烟灰色的休闲西装更是衬得他优雅如玉树。

"你来啦。阿嚏——"胜男目不转睛地盯着梁绍禹。

胜男捂着鼻子的时候，一包纸巾已递上来。

"谢谢。"胜男捂着红得像小丑一样的鼻子，听到一声"滴滴”的刷卡声，便跟着梁绍禹进了会馆。

走在长廊上，一幅幅后现代主义的作品看得胜男心慌：明明是向日葵，非要在花朵上画上人脸，明明是人，却要画得像撕裂的鬼，五颜六色的野兽们在撕咬……隐隐从大厅内传来的诡异音乐，也是胜男从来没有听过的。

“挽住我胳膊。”梁绍禹说。

“哦。”

胜男被动地挽住梁绍禹的胳膊，一股浓郁香水味飘至她的鼻间。

梁绍禹选一个虽在深处，视角却比较好的座位坐下，看一下自己的手表，笑说：“胜男，15 分钟之后，人会多起来的。”

胜男点头。

“一瓶红酒。”梁绍禹对服务生说。

红酒刚上来，便见一个曾经在杂志和网上见过的似乎是某行业大鳄的男人板着一张脸走来。

“好面熟，他是？”胜男忍不住问道。

“地产商而已。”梁绍禹淡淡地说。

正在这时候，胜男听到一声大嗓门从门口传来：“老子不干了，老子要结婚了！”

胜男循声一看，几乎要跳起来，梁绍禹急忙把她按住：“别着急。”

第八章　如人饮水，冷暖自知

“怎么不急，让他为了还债娶一个五六十岁的女人吗！”

胜男理直气壮地冲上前，向家琪挥起一拳：“家琪，你真的要娶那个女人吗？你一定要考虑清楚！”

说着，便要拖着180厘米的家琪往外走，回头看梁绍禹时，却见他和一个身穿皮草的女人正眉目传情。

女人的皮肤在暗红的灯光下仍然光滑白皙，五官标致得画出来一般，端高脚杯的手指尖细如葱根，精致的樱桃唇含着诱人的芳泽。

胜男的心像被狠狠剜了一刀。手里却拖着一个热乎乎的宽厚手掌。

胜男将手里的厚实手掌抓紧了些，家琪一言不发，任胜男拖着，拖着他走在走廊里，拖着他走在树林密布的小路上，两人一句话也没说。

就这样，胜男钳子似的手拧着家琪的手，走在秋风凛凛的马路上。风大，家琪讪讪地脱下外套给胜男披上，被胜男一把推开。

拦车，下车，挤地铁。下了地铁，随着人群涌出地铁站，等公交，上公交，一路将家琪扣押回雅典圣苑的家。一进门，文文便献上扫帚一把，“妈，家法来了，你这个当婶婶的得好好教育他！”

延延跟屁虫着说：“好好教育家琪！”

胜男于是接过扫帚，冲着家琪的腿就是一扫。

家琪怔怔地站在原地，石像一般，任塑料棒子与自己的腿亲吻。

咈的一声，扫帚的塑料把手碎成双节，也将他的容忍度化为零。

“你闹够了没有！”家琪一把夺过胜男手里的扫帚。

“该是你闹够了没有！欠钱那么大的事，你不和我商量！150 多万，你自己怎么承受！实在不行，卖掉少游哥在西四环那边的房子，还会剩些钱，你真的要卖了你的一生吗！”胜男说罢，眼圈一红。

“哥哥，什么叫卖掉一生？”延延仰着头看看胜男，再看看家琪，好奇地扯扯文文的衣角。

“梁汉文，带着你弟弟看动画片去！”胜男的声音有些沙哑。

家琪却一把将她的身子转过来：“你也不想想，我做这一切是为了谁！”

文文刚要抱延延回自己的卧室，动作却停止了。

“我会让你卖掉梁叔的房子吗？我会让你帮忙还债吗？”家琪一字一顿地说，“卓胜男，我告诉你，我做的一切，都是为了你！为你卓胜男！”

胜男只觉得心尖一颤。

“我就知道你会这样帮忙，所以才要娶她！”家琪怒道。

家琪说着说着，吐出的每个字的腔调都在走音：“你这几天给我打了多少电话，我不是不知道，每次开机，那些未接来电看得我肝疼！我怎么可能让你们过苦日子！”

家琪桀骜的声音犹如怒狮般，他咆哮着，似乎要将这几天的怨气都吼出来似的，脸已胀成潮红色，连脖子上的青筋也凸起来。

文文和延延正拧着鼻子，捂着耳朵。

胜男的脑袋被震得嗡嗡作响，她的心像一口大钟，家琪每说一个字，便如巨大的钟锤敲在她心上，敲得她的心越来越紧，紧着紧着，便有一股暖流涌入，流遍全身。

与此同时，梁绍禹正极疲惫地躺在床上。

电话铃声突然响起，梁绍禹看了一眼来电显示，勾起唇角，接起来，居然是延延。

“梁叔叔，家琪要非礼妈妈！”延延理直气壮地说。

梁绍禹一愣。

“什么？”梁绍禹轻唤一声，以求下文。

“被妈妈揍了。”延延继续说，在文文的指挥下，延延边说边跑。

此时，胜男正在厨房洗碗，一面对正在喝蟹汤吃米饭的家琪说：“一会儿我就去网上联系，把西四环的房子卖了。”

家琪倔强地敲着碗反对：“不行！那是梁叔留给你的！”

胜男瞪了他一眼：“不是白给你的，以后慢慢还。”

胜男刚要说什么，只见延延捧着自己的手机跑过来：“妈妈！梁叔叔打电话给你！”

胜男急忙将双手在围裙上一抹，还未将手机接过来，便被家琪夺了过来，像审犯人一样地问：“这么晚，打电话有事吗？”

梁绍禹略一思忖，笑说：“哦，主要是想问问胜男有没有到家。”

“有我在！不用你担心！”家琪依旧像审犯人一般。

“哦，你在呢，那正好，刚才胜男让我带她去诺丁山的时候，我还怕找不到你。那么，不打扰了，再见。”

梁绍禹微笑着挂断电话，心情顿时愉快起来。却不知，陈家琪已气得牙根痒痒：“怎么你是跟那个四眼田鸡一起去的！”刚说完，只见文文和延延一大一小站在饭厅，像看动物园里的猴子一样看着家琪。

家琪气得起身便要往外走。

“你去哪里！”胜男问。

“不用你管，总之，我不用你来还！”家琪走出客厅，披衣便要离开。

刚一推门，却被一个黑色的脚狠狠踢了回来，咚一声，整个人砸在一尘不染的原木地板上。

“我说，这钱，你什么时候还啊，小帅哥？”几个人也不用请，穿着鞋便进入家中，胜男擦得镜面似的地板迅速多了几个皮鞋脚印。

“啪！”

茶几上的向日葵花瓶被摔碎在原木地板上，地板上迅速多了几道白色的伤痕。

“啪！”古董架上的镀金飞马被掷下。马脑袋当场被砸掉一角。

文文猫扛耗子似的逮着延延就往厨房里躲。

延延吓得挤着一双大眼睛，却自我安慰着：“延延不怕，延延不怕！”

大厅里，家琪的衣襟被两个黑西装男一把抓起来，家琪嘴里大声嚷嚷着：“我什么时候说不还了！你给我点时间！你们凭什么到一个弱女子家捣乱！”

“哦，好，给你点时间。”为首的那个半秃的黑西装男一扬手，两个手下将家琪架起来，为首的头目狞笑着，抬起脚就朝家琪的小腹踢下去。

家琪疼得脸色成了一张白纸，没了声音。

半秃子再抬一脚，脚越来越近，家琪狠咬着嘴唇，他知道，这一脚下去，怕是隔夜的饭也得踢出来。

“住手！”

头顶微秃的头目一愣，循声望去，只见一个高个子长头发的大眼睛少妇抄着炒菜用的铁铲子走向自己，满脸的凛然。

“欠债还钱，天经地义，你不会连这个道理都不懂吧？”半秃子冷笑着，脸上的胡碴儿随着他的肌肉一挑一挑。

“是家琪欠你们钱吗？不是！欠钱的人跑了，他只是和那个人合伙做生意，有说过负担他的私人债务吗！”胜男想起延延刚才的表情，忍不住气血上涌，提高嗓门，抄着白晃晃的铲子冲着那半秃子步步逼近。

半秃子抬了一下墨镜，被这个五官看上去标致的“弱女子”逼得倒退了一步。

“退一万步讲，就算家琪承担，现在他的合伙人把他的钱都卷走了，你让他拿什么还！家琪讲江湖义气，你们这些江湖人连道理都不讲了吗！”胜男提高着嗓门，举着铲子再走近几步，半秃子再倒退几步，面对漂亮女人，他从来都是丢盔弃甲。

胜男怒吼着对半秃子说：“我们卖房子也好，干什么也好，你得给我们一个时间，两星期内，我不准你打扰我的家人！”胜男用铲子敲着半秃子的胸，一字一顿地说。

半秃子和两个小弟见这阵势，嘴巴一致地张成O型。

“好，就给你们两星期的时间，两星期之后，别怪我不客气！”半秃子冲手下一挥手，“咱们走！”

说完，指着家琪的鼻子点着：“有那么好的娘们替你还钱，你真是烧了八辈子高香！”

说完之后，领着手下离开。胜男的脑子里一片空白。

文文和延延跑出来，延延见胜男吓得丢了魂似的，捧着胜男冰凉的大手，在胜男的胸前蹭啊蹭："妈妈像女英雄！"

胜男双臂紧紧拥抱着延延，小家伙热乎乎的体温逐渐温暖她单薄的身子。

正在这时候，家琪恨恨地砸了一下地板，嗖地站起来，抬腿就要往外走，文文气得斥责道："陈家琪，你去哪里？"

家琪恨恨地说："住同学家！这里有小孩，吓着延延怎么办！"

文文摊手："你已经吓着他了。"

胜男松开延延，起身，将自己的笔记本一挪："哪都不准去，晚上给我用这台电脑找工作，然后帮我把这个稿子写下去，你投不出10份简历，看我不打断你的狗腿！"说完，抱着延延就往卧室里走。

胜男早上醒来做早餐时，开门，便见客厅盘腿坐着一个噼里啪啦打字的人。那人的一双小眼睛盯着屏幕，手在键盘上飞速旋转着，听到声音，抬起头，又咬咬内疚的唇，将视线移回去："差不多明天早上就能帮你搞定。"

胜男边往厨房走边说："不用那么急，下周四交稿。"

可是，家琪却不声不响地着急着，早餐的时候，胜男和孩子们吃饭，叫他一声，他说不着急，叫他一声，他依旧不急，胜男只得将碗筷勺子端到他面前。和孩子们吃完早餐之后，胜男领着孩子们外出散步，家琪依旧坐在原地。

胜男领着孩子从外头回来，将家琪面前的空碗端回厨房，便拿起一堆孩子们的脏衣服扔进洗衣机，开始给文文收拾屋子。家琪依旧一动不动。

当然，家琪也并非如佛像一般坐在那里，在三个人都出去的时候去了一次厕所，听到洗衣机的响声，便回到客房，翻出自己昨晚掖在床底的内裤躲躲闪闪地到洗手间去，就着水龙头，打了肥皂泡洗起来。

家琪洗着内裤上白花花的肥皂沫时，胜男正抱着一床文文的被子去阳台晒，路过洗手间时，停住脚步，不经意地向里面望了一眼，满手满身的被子差点全部掉到地板上。

胜男想告诉家琪，自己要将他的东西和文文、延延的衣裤一同处理，嘴里却发不出声音。

正在此时，家琪及时抬头，撞上胜男的眸子，胜男脸一红，低头装作拍打被子，继而心虚地冲文文呵斥："屋子那么乱，下次自己收拾好了！"便匆匆去了阳台。

胜男将不锈钢的晾衣栏杆降至胸前，捉一只被角往栏杆上搭，再捉另一头被角，被子便全搭上了栏杆，刚升上去，滑溜的被子却要从晾衣栏杆上滑下，胜男急忙抢救被子的一角，在这时，另一只手及时抢救了被子的另一角。

侧头一看，果然是家琪。

"内裤凉在那边。"胜男垂下眼皮，开始拍打被子。

便听到被子的另一头也有人拍打。

胜男的心跳得像一只加了速的小马达。

胜男干脆停下手，拾起喷壶去浇那棵许久未浇的仙人掌，却一脚踩在垫花盆的白瓷碟上，手上的喷壶不由自主地扔了出去，砸在被子上，坠落在地下，人也向后仰去，直到一只宽厚的大手把住她的肩膀。

胜男不声不响地离开阳台去准备午餐，家琪继续赶稿子，午饭做好的时候，胜男让延延叫家琪吃饭，家琪照例把键盘敲得跟筛豆子似的，胜男只得再次将饭端到客厅里。女人做饭洗衣收拾家务照顾孩子，男人不思茶饭地忙着赚钱，竟像一家人似的。

周一一大早，家琪经业内的熟人介绍，去了一家广告公司面试，早上没吃早餐便坐公交车出去了。

胜男看了一眼电脑，一本稿子已仔仔细细地完成了，想来是他昨晚连夜搞定的。胜男和家琪五年前曾被梁少游亲自指点做稿子，胜男信得过他。于是，便将丈夫留给自己的在西四环的房子挂在了网上，打算择日卖掉给家琪还债，在参考网上的房价时，便接到了梁绍禹的电话。

“忙什么呢？”梁绍禹滑糯的声音如丝绸般滑过胜男的耳朵。他一大清早难得有兴致去上班，便碰上了一件喜闻乐见之事。

“你找我有事吗？”胜男红着脸问。

梁绍禹喜欢她称自己为你。梁总这个称呼，他几乎要听到耳朵起茧，无论是从美女还是丑女口中。

“哦，那个小子今天早上来我公司面试了，想不到他还是个人才，看过几个他做的案子，还不错。”梁绍禹继续转着自己桌上的棕黑色的船舵说。

“也就是说，你们公司打算用他了？太好了！”胜男高兴地笑着。

梁绍禹的笑容却微微收敛：“你还挺关心他嘛。”

胜男诚实地说：“当然，我是他婶婶！”

梁绍禹笑道：“他的策划中带着热辣奔放与自信，我很满意，你告诉他明天就可以来我们公司上班。”

胜男一阵好奇：“咿？为什么是我告诉他？”

梁绍禹忍笑：“因为呢，他一见这里的负责人是我，脸就羞成了火龙果，我问他第一个问题的时候，他扭头就走。”

胜男便问："什么问题？"

梁绍禹笑说："我问他，诺丁山那边的合约解除了吗？"

胜男愤怒地说："他当时真的走投无路了。"

梁绍禹在电话那头耸肩："好吧，我今晚请你们一家人吃饭，怎么样？"

胜男摇头："谢谢你的好意，不要把他们宠坏了。"

梁绍禹略一思忖："那我单独请你怎么样？中午孩子们都不在家。广东的芷寮蟹很有名的，蟹肉雪白，蟹膏金黄，有'顶角膏'的美名。"

一点余地都不留。

"不能的。你请家琪做事，我当然要请你吃饭了。"胜男说。

梁绍禹眉梢一紧，紧接着，唇角微微扬起一丝笑意。

"我最喜欢吃的东西你猜不到。"梁绍禹神秘地说。

胜男自知自己见识过的外国洋菜实在太少，便问："是什么？"

"炸酱面。"梁绍禹认真地说，"我最喜欢吃家常的炸酱面，可惜，好久没有人做与我吃，饭店的炸酱面又总是太咸或者肥肉太多。"

胜男脱口而出："我会做啊，我做得可好吃了。"说着说着，胜男才发现，自己已中了圈套，便噤了声。

打开冰箱，居然意外地发现保鲜层有一袋未开封的豆瓣酱。胜男便将猪肉从冷冻层掏出，放在一旁，挤一半酱料，兑水，滴入酱油，搅拌成半汁水状态之后，仔细地切猪肉丁和葱花。

炸酱并不难，无非是放油，油七成熟放肉丁，之后放入葱花，葱花入味了放酱料，炒熟了便香气四溢，炸酱刚熟，胜男便听到一阵铃声。

胜男忙洗了手，将头发用手捋顺了，开门时，便看到家琪那张愤怒的脸。

“那个四眼田鸡，居然面试的是他的公司！问一些莫名其妙的问题，还笑得那么欠揍，下次见他一次我揍他一次！”家琪愤怒地将自己扔到沙发上，“胜男，我想和你一起写书！辛苦是辛苦点，可是，我身体好，我熬夜写，一个月写两三本不成问题，这样下来……”

“你该干吗干吗，梁绍禹告诉我，你明天就可以去上班。”胜男打断道。

“他为什么告诉你，告诉我不行吗？”家琪一听，从沙发上跳起来，“我就知道他对你不怀好意，下次别让我看见他，哼！”家琪一面说着，一面皱着鼻子，“真香。嗳？怎么你突然想起做炸酱面了？”

胜男瞅一眼家琪疲惫而眼袋浮肿的脸：家琪今天的脸色依旧有些泛白，想必是熬夜失去了血色，眼珠挂着红血丝，看得胜男一阵心酸。

两天之内完成三分之一的书稿，倒也难为他了。

胜男迟疑了几秒钟，继而笑说：“因为想吃啊。我还要做别的菜，你去稻香村买手工拉面去。”说完，便紧了一下围裙，往厨房里走去。

家琪见胜男垂头不看自己，有些奇怪：“家里不是有挂面吗？”

胜男略一思忖，便说道：“梁绍禹说想吃炸酱面。”

家琪狠狠一跺脚，脸涨得通红：“那个四眼！他就是想借机会接近你，他是个大色狼！大色魔！”

胜男的双手紧捏着自己围裙的裙裾，反驳道：“人家说你的策划作品充满了热辣奔放与自信。”

“奔放他个大头鬼，你让他裸奔去吧！”家琪气急败坏地抓起包便要走人，走到门口时，小眼睛恍然一亮："我不走！你告诉他，他中午不用来了，我不去他那里！"

说完，家琪干脆赌气地站在门口，大臂一挥："他要来，我就挡在门口不让他进！"

家琪横在门口，先是挥臂挡着，再放下双臂，诚惶诚恐又固执地把守着，胜男拍了一下家琪的脑袋："他连续两年得过国内广告创意方面的大奖，又是白手起家的，我觉得错不了，为什么不信任他一次？"

"就是不信那个色狼！"家琪哼道。

此时，那个所谓的"色狼"正饶有兴趣地用笔记本浏览着家琪的简历。

陈家琪的电子简历中附有一些平面广告的案子，第一幅广告画是牛仔广告，白皮肤幽深蓝眼睛的男模唇角反叛地挑起，一只手随意地扛着明晃晃的铁锹，另一只手插入牛仔裤兜，一张白皙的脸和牛仔裤上不规则地抹了煤灰。男模背后是十八世纪时的煤红斑驳在矿井和古老的铁道废墟，谙熟法国背景的梁绍禹一眼就看出用的是法国大革命时期的背影。梁绍禹读过法国的近代史，更读过左拉的《萌芽》，大胆夸张、激情四溢的设计，带着美国特有的个人主义和英雄主义，又有法国人特有的浪漫主义，将年轻人的心理演绎到了极致。

梁绍禹轻触摸屏，下一幅，再下一幅，看着看着，眸子子的亮色便越来越光明，眉梢间越来越飞扬，缓缓起身，从榉木色的书橱中取一瓶红酒，斟入高脚杯，半杯入喉时，拨出自己助理的电话："做一个五年的聘用合同，要快。"

合同书到手时，已是午饭时间，梁绍禹潇洒地将其握在手里时，他不知道，他要买来当五年牛马的人才和他颇感兴趣的女子，此刻正面临着一场灭顶之灾。

“四眼，不，梁绍禹，你中午是来吃饭吗？嗯，好，快点来。”

刚上车，梁绍禹便接到陈家琪的电话。他居然会给自己打电话？还会使用敬语？

这天，阳光并不算明媚，一如北京大多数初秋的天，天空泛着蒙蒙的白灰，清秀而清瘦的她启齿微笑的面容那么真实地在车窗上浮现开来，梁绍禹想伸手去摸母亲的笑脸，却只摸到空气。

与生母相依为命的那些时光，惨烈而温情。待拆迁的尘土飞扬的屋子，夏热冬凉的日子，碗底的荷包蛋和干净得一尘不染的小校服……多年之后，想起这些，依旧让他热血潮涌。那时候，他最喜欢的便是母亲做的炸酱面——最简单的材料，少量的猪肉，便能做出那样的美味。想着想着，车内便真实地漾起一股炸酱的香气。

为自己开门的却是陈家琪。

胜男高而纤细的身躯埋在沙发里，眼肿得通红。

“胜男，怎么了？”梁绍禹在胜男的身边坐下，从茶几抽出一张面纸，轻轻递给胜男。

胜男刚要开口，一串串眼泪又簌簌落下。

“延延……怕是要被送走了！”陈家琪紧紧地攥着石头般的拳头，继而双手捂住头蹲在地上：“都是我，该死！”

梁绍禹只道自己之前没有看出端倪，缓缓抚慰道：“家琪，你别着急，慢慢说。”

家琪一屁股坐在地板上：“延延要被他亲妈带走了。他亲妈说，以前没钱养活他，现在有钱了，也该把亲生骨肉接回去了，还说她已经向法院起诉，诉状明后天就会送达到胜男家了！”

“亲妈？”梁绍禹望了一眼胜男，只见一排眼泪又从胜男的眼中溢下。

“梁绍禹，我告诉你，胜男不是延延的亲妈，延延是张颖那个贱女人生的！”家琪将头发揉成一团稻草。

张颖？

“将能告诉我的都告诉我。”梁绍禹满脸的郑重。

家琪深呼吸一口，狠狠地说：“胜男五年前刚毕业，来到北京，跟梁少游，就是她的丈夫相爱了，少游叔却在那时候发现患了癌症，胜男刚要不顾一切嫁给少游叔，当少游叔也想给胜男一个名分以便以后给她分配合法的遗产时，跑出一个贱女人，那个女人是少游叔的合作伙伴，下了药和少游叔发生了关系还怀了一个孩子，死乞白赖地要嫁给少游叔。”

“为什么张颖也要嫁给病重的少游？”梁绍禹问。

“那个贱女人是为了来抢遗产的！你笨啊！”家琪大骂。

梁绍禹像主人似的从饮水机里倒出一杯热水递给胜男一杯，再递给坐在地上的家琪一杯。

家琪接过梁绍禹递来的水，咕咚一口，却烫地当场吐出来，扇扇嘴巴，继续说：“那个贱女人为了达到目的，竟把少游叔的爸妈都从青岛搬到北京来，少游叔的爸爸见他最疼的儿子病成那样，受不了刺激，竟病死在北京，少游叔愧疚之余，病得更严重了，所以在相当一段时间里没有人管张颖，她肚子里的孩子就越来越大。”

“继续。”梁绍禹追问道。

“后来过了一段时间，少游叔的身体好了些，张颖十分妒忌少游叔和胜男恩爱，一气之下便要把孩子堕掉，胜男知道少游叔活不长了，又没有个后代，就求张颖不要打掉孩子，你知道代价是什么嘛！梁绍禹，你想不到的！”家琪懊恼地说。

梁绍禹一怔，心下猜测了一番，问道：“是什么？”

家琪从地上爬起来，指着那300多平方米的房子给梁绍禹看："你看，这种房子，这种摆设，你不觉得，胜男该是个养尊处优的太太，而不是天天为生计日夜写稿子的辛苦女人吗！你不是在法国留过学吗？你看这个金刚妹像不像莫泊桑小说里的卢瓦泽尔！为了一条项链，付出那么大的代价！"

梁绍禹已猜到了大半，望了一眼胜男，忍不住揉揉她湿漉漉的头发，站起身问家琪："告诉我，为什么。"

家琪指着门口："就是因为那个王八蛋女人要打掉少游叔唯一的骨血，胜男这个傻女人将梁少游给她的所有财产都让给了张颖！延延的小狗命是胜男用少游叔给她的全部财产换的！"

梁绍禹回望了胜男一眼，心中一阵刀割般的痛。

他无论如何也想不到，胜男竟为一个男人牺牲至此。低叹一声，缓缓坐回胜男身边，一股强烈地想拥她入怀的冲动便骤然而起，那种感觉，犹如要捞起一块落入热水里的冰块，又像是要从汪洋大海里救一个溺水的孩子。

家琪的嗓门又提高了一度："幸亏少游叔早就将西边的一个房子过户到胜男的名下，张颖倒是享福了，胜男天天带着那个病包延延去医院，延延两岁之前，几乎一年有一半的时间都是在医院过的，好不容易孩子长到四岁，身体也稍微好了点，她居然要把孩子领回去！"

梁绍禹的神情前所未有的严肃，一口打断道："理由是什么？"

家琪听完，像一只斗败的公鸡似的，又蹲了下去，声音也骤然降低了三度："因为张颖知道胜男要卖房子，还知道我被高利贷追债，就说孩子的生活得不到保障，而且孩子的养母也有男朋友了，还说她是亲生母亲有抚养权……"

家琪的声音越来越小，竟弱成了蚊子声，最后竟一把抓住梁绍禹的手："梁绍禹，你帮帮胜男，你要是能把孩子留下，我把胜男让给你！”

梁绍禹摊手：“我不是乘人之危的人，却有办法替你们解决一部分问题。”

“什么问题！”家琪和胜男异口同声地说。

梁绍禹从包里掏出一份合同，递给家琪：“这是你与我公司的五年合同，你若签了它，150 万倒不算多。”

胜男抬头望了一眼梁绍禹，诚实地问：“他值吗？”

梁绍禹淡淡一笑，回望一眼家琪。

家琪抓起茶几上的笔，一咬牙：“我签！”

说完，几笔便将合同签了。

签完之后，家琪一双薄眼皮的小眼睛瞪着梁绍禹：“可是，剩下的怎么办？”

第九章　人面桃花，笑意如画

梁绍禹收起合同，扶一下镜架，再回望一眼胜男，胜男此刻眉心处拧出一道竖纹，人面湿桃花。桃花绽放着，便结成一颗粉红色的水蜜桃——剥了皮的水蜜桃，水灵灵的。

梁绍禹再抽出一张面巾纸，刚要给胜男拭去脸上的眼泪，手却停在空中，递到了胜男的手上。

胜男的故事让他不忍再狎昵她，他刻意与她保持着少有的绅士风度，她是那颗不可亵玩的水蜜桃，他要保持她的新鲜。

“你说话啊！”家琪晃着梁绍禹的胳膊。

梁绍禹略一思忖，说：“先吃饭吧，饭做好了吗？我看附近好像有家餐厅……”

“早做好了！她一大清早送孩子上学后就把酱炸了！”家琪酸溜溜地说。

梁绍禹这才觉得，一股久违的炸酱香气已氤氲在周围。

“很香。”梁绍禹闭上眼睛，狠吸一口屋内的酱香气，再睁开眼睛望一眼胜男，笑说：“我给公司的法律顾问打个电话，让他下午一点半来一下。”

胜男勉励微笑：“谢谢你。可是，只有炸酱，你们稍等一下，我做几个菜。”

梁绍禹拒绝道:“不用,饭是为了填饱肚子,家琪,你去烧水,煮面。”

家琪指着自己的鼻子:“为什么是我?就因为我刚签了卖身契吗?”

梁绍禹淡淡地道:“因为麻烦是你惹的。”

家琪如霜打的茄子,眼皮垂下来,耷拉着脑袋去了厨房。

胜男抓起沙发上的一只米色的坐垫,攥着一角不断揉搓着。

梁绍禹取下草莓形状果盘里的一颗苹果,用果盘里的小刀开始细细削皮,嫩红中泛着丝丝微黄的苹果在他的手中托着,果皮沿着他修长细致的大拇指一层层滑下来,不一会儿,一只拳头大的苹果便托在他的左手上。

胜男的眼睛却定格在不知方向的一处,待苹果递至眼前时,她一把抓住梁绍禹的胳膊,满眼的坚定果决:“梁先生,你觉得这个官司打赢的可能性有多大?”

梁绍禹眼神中闪过不易察觉的失落,“胜男,值得吗?”

胜男点头:“他是少游哥唯一的宝贝,再也没有第二个了。”

梁绍禹黯然放下苹果,“不后悔?”

却听家琪在厨房中大喊:“胜男,面条怎么才算熟啊!”

胜男便跑进厨房,只见锅里的半锅凉水里满满地扔了一大堆挂面,忍不住挥起一拳:“你这些年怎么没饿死!”

面条煮熟了,胜男做了一个西红柿蛋汤,切了黄瓜丝、胡萝卜丝,取几块红得滴了血似的腐乳,还有鹅肝酱,三个人便草草开饭,白底子青花碗盛着一碗面条放在梁绍禹面前的时候,梁绍禹问:“有盘子吗?”

胜男便给了他一个宽盘子:“不好意思,是挂面。”

梁绍禹的眼圈有些发热:“吃的就是挂面。”

于是,饭桌上,便出现了一个炸酱面绅士:刺溜刺溜地往那张微微上扬的薄唇里送沾着酱的面条，一碗，两碗，头也不抬，第三碗的时候，梁绍禹才微微抬头，擦一下油汪汪涂了棕色“唇膏”的嘴角，笑道：“很好吃。”

胜男便从他那双微笑的眸子中探出几分辛酸来。

一点半，梁绍禹公司的法律顾问准时抵达，听完胜男的陈述之后，点起一只梁绍禹递过来的雪茄，一言不发。

梁绍禹认真地望着他，胜男亦是用一双大眼睛瞪着他。

律师干脆果断地抬头，粗壮的指头将雪茄掐灭在烟灰缸中：“老实说，这个官司赢的可能性不大。”

“啊？”胜男从沙发上一下跳了起来，梁绍禹不动声色地将胜男按下。

“哦，是吗？为什么会这样？”梁绍禹淡淡地问。

“首先，根据法律，父母是未成年人的监护人，孩子的父亲去世了，张颖是孩子的亲生母亲，本来就是孩子的第一监护人。第二，她经济实力比你雄厚，监护人的经济状况是法官考虑的相当重要的一个因素。第三，陈家琪还曾有过欠高利贷的经历。”

“那不是家琪欠的钱！而且，家琪也不是孩子的亲叔叔！”胜男大声打断道。

梁绍禹攥住胜男的手：“先听江律师把话说完。”

江律师冲梁绍禹点点头，继续说：“不管是什么情况，如果对方强调这一点的话，都会对你非常不利。”

胜男一听，一串泪珠又忍不住地从眼里溢出来，下巴抵着的抱枕又湿透了一大片。

家琪刚从梁绍禹放在桌上的烟盒里掏出一支烟，闷不吭声地低头狠抽，听到这里，狠咬一下嘴唇：“如果，我不是她男朋友呢？”

江律师冷笑："卓小姐，你今年只有二十几岁吧？你一辈子不嫁人了吗？"

卓胜男狠狠地抹一把冰凉的眼泪，咬牙道："不嫁又怎么样！"

江律师摇头："法官可不听你说这个。这也是我说的第四，第四是你的年龄，法官会认定你不可能一辈子不嫁人，卓小姐你设身处地想想，和继父继母一起生活的孩子，在外人眼里，比得上和亲妈一起生活的孩子吗？"

胜男咬牙："可是，孩子会选择和我在一起！"

江律师抿一下嘴唇，接过梁绍禹递上的红茶，润了润喉咙，继续说："卓小姐，孩子才四岁，他的意愿并不重要。"

胜男本来还在吧嗒吧嗒掉眼泪，江律师此话一出，她的世界，便轰的一声巨响，她的眼泪也在一瞬间干涸。

胜男扔下抱枕，端起自己面前的满满一杯早已冷却的水，一扬脖灌下去，呛得她猛咳着，捏着的杯子居然啪的一声碎了，碎玻璃将她的食指迅速变成了红色，一滴鲜红顺着她的手掌渗入她的白毛衣。

梁绍禹一把夺下胜男手里的碎杯子，头脑嗡嗡作响。

"可是，我和孩子的父亲有结婚证的，我们是合法夫妻！孩子没有父亲，我有监护权的……"胜男再也无力去辩白，整个人蜷缩在沙发上。

"这正是你可以抚养这个孩子的理由，卓小姐。当然，如果你想打官司，我们可以强调两点：第一，亲生母亲对孩子的态度，作为生母，原告明知儿子在这个城市里头，四年里却没有尽过半天母亲的责任，第二，孩子那么小，她又自己开公司，百忙之中，是否适合照顾小孩。这显然有些分量不足。除非，能找到她的生活习惯相当恶劣之类的事例。”

梁绍禹摇头：“我看她不像。”

胜男已无力去听，也无力去看什么，她只觉得声音在耳边飘荡着，像是一阵青烟晃在远处，她眼前的东西也开始模糊，像是隔了一层纱，又像是抹了一层糨糊。

“我们知道了，江律师，谢谢你。”梁绍禹起身去送江律师，送走江律师之后，亦是从桌上的烟盒里抽出一支烟。

家琪将打火机点着，又给自己点上一支，胜男晃晃悠悠起身，将两人口里的烟一支支抽下来，手里晃着两根烟，痴痴地说：“别抽烟，少游哥最喜欢抽烟了，你看，他现在病死了，孩子都不安生……少游哥，你到底做错了什么……”

胜男一面说着，只觉得两条手臂空荡荡的，身边有个热乎乎的躯体，便抓住那个人的腰，搂紧了，将自己被冻了一下午的脸埋进那个温热的怀抱里。

梁绍禹抱住胜男的那一瞬，只觉得内心的那座高得像城堡似的沙塔在泪雨滂沱中迅速倒塌。

梁绍禹轻轻拍着胜男肩胛骨突出的后背：“你先别急，我在想，如果请得动区仲衡，这件事是不是会好一些。”

胜男还没反应过来，倒是陈家琪大叫一声，一边将胜男和梁绍禹掰开一边说：“区仲衡！全国数一数二的大律师！”

梁绍禹微笑，笑出一脸不易察觉的苦涩。

胜男的本来散光的眼睛突然坚决而明晰：“那个女人根本教不出好孩子来，我就是把房子卖了，我也要把延延留下！”

梁绍禹拍了一下胜男的脑袋，淡淡地道：“傻丫头，你觉得这是钱的问题吗？”

“可是，我们请得动他吗！他是打经济官司的，怎么可能打这种民事官司！”家琪依旧不开窍地问。

梁绍禹起身，微笑，表示无可奉告。

看一眼自己的手表：还好，下午两点多，见到某人的时候，他怕是刚睡醒午觉，陪他打打高尔夫，喝喝下午茶，时间刚好。

“等我的消息。”梁绍禹回头看了一眼他的水蜜桃。

待梁绍禹走后，家琪却是按捺不住了：“胜男！你说这货是什么人？我总觉得他的背景不一般！他居然去法国学油画，这不就是大少爷的消遣吗！”

胜男不知道，那个被指为大少爷的人，一个小时之后，已带一副黑墨镜，低调地进入一座玻璃铮亮的大厦，乘电梯直通三十七楼。

与此同时，亦有人给二十六楼的某人通风报信：“周先生，您的哥哥居然回来了，好像去找老爷子了！”

被称作周先生的男人此刻正与自己的部门经理耳鬓厮磨着，听此消息，闻虎色变似的将搭在桌上的双腿掀起来，一把将女人推开：“你说什么？那个丧家犬回来了！他不是再也不和周家有一点牵连吗！知道了！这几天，你给我密切关注他的行动！”

说完之后，狠狠将电话一摔。

女人拧着身子，娇滴滴的小嘴噘着：“哟，你的太子位要不保了吗？”

周先生冷哼一声：“那个丧家犬，他不是广告生意做得挺好的吗！他跑回来做什么！”

女人摇头，将肩上的长发往背后一抛：“人心不足蛇吞象啊，何况人家本来就是大象，而且是英俊的大象。”

周先生不屑地一笑：“有屁用，人前风光，背后吃药，他哪有我强！”说着，一把将女人拽到他怀里，忽然眼前一亮，又将女人推开，拖过键盘，便是噼里啪啦地打字。

“你查什么啊？要我给你查吗？高血压？发病？你查这个干吗啊？”女人不解地问。

周先生微微一笑：“你懂什么！”说着，惊叫起来：“哎呀！这个病怎么这么可爱啊！”

女人盯着电脑屏幕：“可爱什么可爱！他整天又是头晕又是头痛的，你家老头子还不是更关心他！”

周先生指着一处：“你笨啊！接着看！”

“他是你大哥啊！”女人吓得娇颜变了色。

梁绍禹机械地迈着长腿走出电梯，踩着飞天图案的厚厚波斯羊毛毯，不出一丝声响地走入第三十七层的深处。

董事长室的门是用黄花梨木材料做的，香气沁人，色泽黄润，材质细密，门旁边有一个按指纹的地方，记载的指纹仅有两人，一个是周世舫本人，一个便是刚刚伸出自己左手拇指的人。

梁绍禹不止一次怀疑，这个固执的老头子哪天要是出什么意外，偌大的董事长室里连个救他的人也没有，可惜他百毒不侵，且绯闻不断，梁绍禹坚信，老爷子虽有60岁的高龄，无论前年去年还是今年，他身下摇曳的女人的数量不在自己之下。

梁绍禹刚伸出拇指，却又迅速将手抽回，感应器却迅速响应，“滴”一声细响，门自动打开，梨木香随着门的开启更浓了些。

此时，周老爷子正背对着门，笔挺的腰板，笔直的黑西装，178厘米左右的个头，从背后看上去，不像六十岁，更像是四五十岁。

壮年人双手叉腰俯瞰着三十七层之下的场景：拥挤的行人如蝼蚁，车水马龙如玩具，公交车如毛虫，这是他极喜欢看的场景。

周老爷子的半圆桌三面各有一人盯着笔记本忙碌着。

“董事长，刚才得到消息，M 国财政部长决定辞职。”

周老爷子也不转头：“消息从哪来的？”

“他女婿那边打来的电话。”一个戴眼镜的三十岁左右的男子说。

周老爷子略一思索，道：“马上抛美元，进欧元。”

另一位白胖男人说：“董事长，神方集团展开反收购行动，股价现在是二十六块八。”

周老爷子依旧背对着众人：“将在欧洲的资金调回来。”

白胖男人抬眼看一下老板的背影：“可是，那么大一笔数目，会不会引起恐慌性抛售啊？”

周老爷子道：“无所谓，正好趁低价的时候进货。”

眼镜男继续问：“AGC 的股票涨到 39.8 了，要抛吗？”

周老爷子也不回头，微抿一口色泽明澈剔透的红酒，淡定而有力地说道：“先抛 10 万股。”

另一个男子也开口道：“董事长，QP 股现在跌至 7 元了，要买入吗？”

周老爷子依旧俯瞰着楼下，几秒钟之后，铿锵有力地道：“先买入 50 万。”

然而，他刚说完，耳朵却微微抖动了一下。这是梁绍禹最佩服他的一点，他的洞察力机警如雷达。

“嗯，Tony，你刚才说什么？”周老爷子的声音缓慢迟钝下来，“跌至多少了？”

说完，挺直的腰板也微微弓下去，悠悠转身，从桌上摸起一把老花镜，轻轻擦拭着，擦了几下，将花镜挂在依旧挺拔的鼻梁上，继而慈祥地一笑，眼睛透过老花镜，迸射出掩饰不住的活力：“回来了啊？”

"你们先出去。"周老爷子打断道。两个工作人员便抱着笔记本迅速离开，剩下两人面对面站着。

"坐。"周老爷子慢慢将自己的身体放入带按摩的日式老板椅上。

梁绍禹隔着半圆形的黑桌子坐下："最近可好？"

周老爷子微笑："还不错，就是记性越来越差了。"

梁绍禹也暖笑着："你要是回忆不起哪个女明星的名字，我帮你回忆。"

周老爷子一愣，却依旧面不改色，扶了一下镜架子："瘦了。"

梁绍禹摊手："没瘦，我的身材多年如一日。"

周老爷子却挥挥手指依旧坚持："体重除了包括肌肉和脂肪的重量，还包括骨重，不同的年龄，同样的体重，三者比例是可以不一样的。你们这些孩子哪有当父母的了解你们。"

梁绍禹一听"父母"两字，心中隐隐一痛，脸上却只是微笑。

周老爷子见他不言语，一脸的失望："哎，你都来了，也不见你招呼我一声。"

梁绍禹微笑："我的第一句招呼就是问候呢。"

周老爷子也不示弱："问候的时候，原来是可以省略掉敬语的呢？"

梁绍禹强势依旧："如果那两个女人泉下有知，我会使用世上最美的敬语。"

周老爷子败下阵来，打量着梁绍禹衬衣上微微发白的印渍，不动声色地抿嘴笑着，起身走到梁绍禹面前："走啊，儿子，带你去和几个师伯打打球去。"

梁绍禹起身，笑说："没问题。"

周老爷子爱炫耀自己的大儿子，他的各方面无一不爱炫耀，从他的高尔夫球技到他的相貌谈吐甚至到他的画艺，梁绍禹却很少给他机会。

“先去换衣服，然后试试老爸的新座驾。”周老爷子笑说。

“什么新座驾？”梁绍禹故作不知，其实，媒体早已拍摄到他的直升机，传闻报价在50万美金之上。

“一会儿你就知道了。”周老爷子依旧面带笑容。

“绍勋也一起去吗？”梁绍禹问。

周老爷子脸色一变：“让那个畜生好好待在这里。”

结果，梁绍禹随周老爷子乘坐五座单发轻型直升机飞至通州。一路上，老爷子自驾，梁绍禹低头向下望，京城东边北边的繁华地带，由密密麻麻的大厦逐渐沦为密密麻麻的小点，西边南边的大片大片植物，先是翠绿，再是辨不出颜色，他只是漠然望着，直到老爷子一边驾机一边问：“什么时候领个媳妇回来给爸看一下？也老大不小了，哪天订下来的话，爸给你大摆筵席。”

梁绍禹略一思忖，笑道：“想给你们酒店做宣传的话，我打五折。”

周老爷子冷笑：“我周世舫的酒店还要宣传？”

打了一个小时高尔夫，陪老爷子喝完下午茶，已到晚饭时间。梁绍禹饶有兴趣地微笑配合，老爷子约了一位高官在自家的大酒店吃饭，折腾到晚上9点才结束，其间，梁绍禹只字未提今天来的目的。直到结束之后，老爷子提议梁绍禹回家住一晚，梁绍禹笑而不语。

转身之时，老爷子终于忍不住问：“难不成你今天就是来陪我吃饭的？”

梁绍禹勾起唇角一笑："当然不是。你今天请我吃饭，我自然要明天回请。"

老爷子一口答应下来："我明天没空，后天。"

梁绍禹颔首表示感谢："后天晚上，辰翰大酒店见。"

——依旧是周家的产业，是周家在京城最具盛名的一家酒店。

车还在周家大厦地下停车场停着，梁绍禹挥手打一辆车，刚上车，便接到胜男的电话。

"你这边，还可以吗？"胜男吞吞吐吐地说。

梁绍禹笑说："事情正在朝好的方向发展，不必担心。"

胜男想说多亏你，想说幸亏有你，喉咙里却堵了一块奶酪似的，张着嘴却发不出声。

"谢谢你。"

梁绍禹半开玩笑地说："怎么谢？以身相许吗？"

胜男在电话那头的呼吸不均匀起来，此刻，她独自在小区的假山后，凉风吹在脸上，她的脸却又热又烫。

"如果能保住延延，我什么都答应你。"胜男认真地说。

梁绍禹只觉得心中一黯。

车窗外，东二环灯火通明，白花花的，有点晃眼睛，隔着窗户，每座大厦前的音乐刺得他的耳朵生疼。

"卓胜男小姐，请问你的上围是多少？"梁绍禹淡淡地问。

"这个……"胜男的脸一下子红了。

"卓胜男小姐，请问，你的身材是S型还是大写I型？"

"这个……"胜男的脸红一阵白一阵。

梁绍禹继续问："卓胜男小姐，请问你现在穿的内衣是什么牌子的？穿的是一套吗？"

“如果你帮我是要先侮辱我的话，就算了，孩子是我的，谁也夺不走！”胜男情急之下，直吼道。

梁绍禹淡淡道：“很遗憾，你刚才说的那句话，对我的侮辱程度只多不少。”

胜男急忙道歉：“对不起。”

梁绍禹淡淡道：“不必了。我为的是保护那颗受伤母亲的勇敢坚韧的心，也请你将心比心。我还有事，回头再说，再见。”

胜男还未等回答，电话已挂断。

挂断之后，梁绍禹勾起唇角对司机说：“前面，对，不用找了。”说完，随手从皮夹里递出几张粉红票子给司机，便走入地下停车场。

其时是21点19分，地下车场的车稀稀落落陈列着，不规则分布，梁绍禹慢慢走着，直到一辆面包车的车辆摩擦声冲着他背后而来。

梁绍禹只做不知，照常走着，待面包车逼近的时候，飞身往一侧打个滚躲开，面包车一调车头，直直地冲着他飞驰过来。

梁绍禹侧身一闪，沿着墙角躲开了，却把自己逼到了死胡同。

身后，尽是一堵灰突突、凉飕飕、湿淋淋的水泥墙。

梁绍禹心下一绷，心道这次算是死定了，面包车却猛地往后一退。

“唰”一声。

面包车倒车的速度倒是讲究，看似迅速，车上人却留足了三秒钟，三秒钟足以让梁绍禹站起来逃往别处，梁绍禹迅速爬起来，那车却再次飞速而来。

这次，梁绍禹没有躲。

从风衣里迅速摸出手机，冲着驱车人按下了快门。

驱车人墨镜下的面部轮廓便留在了手机里。

驱车人唇角微动，一转方向，一溜烟地逃了出去，车牌号上蒙了一层纱布，梁绍禹冷笑一声，长吐一口气，缓缓回到自己的车上，从胸前摸出一个没有包装的小药瓶，一仰脖，喝口纯净水将药服下去，剧烈跳动的心脏渐渐缓和下来。

纯净水入喉入胃，凉飕飕地冲刷着他的胃壁，梁绍禹将车速调至120，飞一般地逃出这个冷得没有一丝人情味的地方，刚驶出地下车库，爵士乐又幽幽响起。

“对不起。”胜男接通电话便要道歉。她不知道，他整个人方才因她遭遇了一场什么样的威胁。

梁绍禹沉默着。

一只手开车，另一只手细细摩挲着手机的屏幕。

“我为我刚才的话道歉，你不要生我的气了。”胜男继续道歉。

梁绍禹眼梢泛起浅浅的笑：“哦？那么，你打算用什么方式表示道歉？”

梁绍禹打量着东二环的霓虹街景，迎面走过一个长发飘飘的穿长靴短裙的女子，挽着一个和自己年龄相仿的帅气男人的胳膊，两人边走边低头私语，时不时地微笑。

梁绍禹亦是浅浅微笑：“你当真想知道？”

胜男深呼吸一口：“想知道。”

梁绍禹在电话那头收起满脸的迷人微笑，以郑重又似命令的语气慢慢地道：“爱……上……我。”

胜男的脊梁后迅速冒出一层热津津的汗液：“你在开玩笑吧？”

梁绍禹用滑糯的嗓音逼问说：“如果不是开玩笑呢？”

胜男的额上和鼻尖也滋生出一片细密的汗珠，凉风一吹，冻得她一激灵。

“回答我。”梁绍禹说。

胜男将风衣口袋里的手插深了些，将竖起的衣领拢紧了些，却又热得她手痒、脸痒，又不得不放下衣领。

梁绍禹心中轻轻吹起口哨。两人就这样，静静僵持着，胜男细听着梁绍禹的呼吸，梁绍禹默听着胜男的心跳。

待到驶入一个门前，梁绍禹才意识到，自己已行至自己常去的私人会馆。

梁绍禹便低声说：“明天联系你，快回家去吧，天冷。”

他用指纹打开私人会馆的入口，进入一个他闭上眼睛都能走到吧台的地方。

与其他私人会馆或昏黄或荔枝红或金碧辉煌的大厅不同，这里的大厅是纯白色——白的牛奶般的灯光，纯白色的毛茸茸的沙发染着几絮桃花色，透明的玻璃桌子，纯白塑料的吧台转椅，白色的四周墙壁上缤纷的浅粉色樱花花瓣在飘洒。

这里的会员大多是媒体曝光率非常高的商界人士，所以，他倒结交了一些朋友。当然，更多的是美女朋友。

梁绍禹坐在白色的吧台上，细细饮着一杯鲜柠檬汁。

“一杯甜酒。”

梁绍禹刚坐下，便有一个二十多岁的栗色卷发女人走上前来，发如海藻般随着她的步子飘逸。

梁绍禹用一双深眸望了一眼美女的卷发，笑说：“我给你讲个故事。”

那女人以为梁绍禹要故作高深，举杯漠然一笑。

便听梁绍禹淡淡地说：“故事的女主角是一个23岁的女孩子，

她刚来北京，爱上了一个大自己14岁的男人，并在男人被发现肝癌晚期的时候，毅然嫁给了他。”

美女右嘴角微微一扬，一脸的洞若观火之态。

“韩剧吗？”女人说。

梁绍禹继续说：“之后，她的丈夫死后，她带着亡夫的一个养子，一个她的丈夫和别的女人生的孩子生活，每日为孩子们的生计……”

女人完全不感兴趣，一口一口用抹了唇蜜的唇嘬着甜酒，一心一意地秀着那只端着涂饰得美轮美奂的指甲的玉手。

此时，在梁绍禹看来，那手竟不如捏碎玻璃杯的大手漂亮。

梁绍禹在车内安静地坐着，透过车窗，他看到一轮圆月清洌静悠，他笑自己，他笑自己纵横情场几十年，怎么就被这样一个女子轻易俘获，甚至差点丢掉半条命。

梁绍禹想着想着，便看到车正中站着一个高挑的长发女人，穿着何其素淡，大眼睛却是乖巧又灵动。

梁绍禹便走下车，笑说：“大晚上的，这是要演倩女幽魂吗？”

胜男望着梁绍禹那张和某人何其相似的脸，胃里热辣辣的感觉便舒缓了些。

“对不起。”胜男深深鞠了一躬。

一头长发从肩头倾泻而下，被梁绍禹挽住。那一刻，北京的风大，刮着刮着，便刮起漫天的雪花。

雪花微微绽放在胜男的长发上，绽放在梁绍禹的烟灰色风衣上，透过梁绍禹的镜片，绽放在他长长的眼睫上。

“下雪了。”梁绍禹轻叹。

胜男抬起头，满长发的白雪花迅速化成露珠。

“走。”梁绍禹一把抓住胜男的手，打开副驾驶座，把她塞进车里。

他滑糯的声音在雪中微微有回音。

“去哪里？”胜男问。

“去了你就知道了。”梁绍禹迅速坐下，驱车前行。

车开了，从东边到西边，路过一摊摊雪中水，水中雪。

“北京居然有像南方一样的地方吗？”胜男知道自己孤陋寡闻了，却忍不住问。

“哦，《蜀山奇侠传》《武林外史》《新三国》等片子都在此取过景。”梁绍禹淡淡地说。

“虽然看不清，但是依旧觉得山很漂亮，像神仙住的山一样陡。”

胜男张望着雪中的三渡，想起电影《魔戒》中的一个场景。她记得，大眼睛的弗拉多、胖乎乎的山姆和英俊的精灵王子、王的继承人一干人从精灵地出来之后经过的狭长的水域和漫无边际的森林。

车窗被打开，凉风和雪花灌进来，胜男倍觉空气清新，梁绍禹将车顶棚打开，胜男忍不住站起来，冲着群山大喊：“啊——”

梁绍禹勾起唇角。

忽然，胜男却将身子探回来，提议道：“要不要把窗关上呀，我怕你着凉。”

梁绍禹没有为这大煞风景的话伤脑筋，唇角的笑却更浓了：“你是在关心我？”

顶棚和车窗都被打开，凉得胜男当场打了个喷嚏。

梁绍禹又迅速将车窗关好，用侧脸瞥了一眼胜男，道：“你看，你打喷嚏了，我没有，因为我是男人，你是女人，你给我记住，你是个地地道道的女人。”

说完，梁绍禹递过一包纸巾。胜男擦一把鼻涕，只见梁绍禹将车驶过一个山庄，因为人迹罕至，地上像披了一层白色的薄被。

车停了，未等胜男反应过来，梁绍禹整张脸已逼近过来，眼镜不知什么时候已被他取下，灼热的眸子甚是凄楚。

第十章　相爱时难，雪意绵绵

没有戴眼镜的梁绍禹，眸子在夜色下闪着清光，像是潋滟的静湖，又像是沉睡的大海，胜男望着那双相似的眸子，心咚咚直跳，跳得她胃里热辣辣的，脸也热辣辣的。

胜男不知道下一刻他会做什么，带汗的拳头捏得紧紧的。发动机已停止响声，胜男听得见雪花的心跳。

“咿？你脸上有纸屑。”梁绍禹低声轻叹，一面指一下自己的左颊。

胜男松一口气，心下的大石头安然落地，她却又失望起来，胡乱摸了两下自己的左脸和右脸，却都没有摸到纸屑。

梁绍禹便伸出手，凉凉地触在她的脸上，只听“滋”一声，胜男脸上一麻。原来，肌肤相触时，竟产生静电了。

“我们擦出火花了。”梁绍禹笑说。

胜男的脸似乎真的被那火花电了一下，电坏了脑子，脑子里千万只白色的蝴蝶飞舞着。

“带我来这里做什么？”胜男低头问。

梁绍禹神秘一笑：“下车。”

两人便往村中走去，隐隐的黄狗叫声在幽静的雪花中飘入她的耳朵，梁绍禹走在前头，她在他的身后跟着，望着那个人在雪中的背影，一种不真实的感觉致使她盯着他的背影出神。

梁绍禹笑着回头："男人背后的女人，快点走。"

胜男低头跟上，走过一个个平房，走至深处，梁绍禹轻轻叩门，无人响应，他干脆直接拉开木门，带着胜男往里闯。

"可以吗？"胜男问。

"当然。"梁绍禹回答。

走过空旷的天井，推开四合院式院子里微微探着灯光的门，从里面走出一个留着一头长发穿火红敞领毛衣的三十岁男子。

外间还是线式的开关，男子拉开灯，黄澄澄的灯光下，便看到他那张典型的少数民族脸：不羁，帅气中透着来自高山的豪放，举手投足中却又带着歌手才有的时尚。

"哥们，好久不见！你还是那么英俊迷人！"

那个少数民族男人激情飞扬地伸开双臂，梁绍禹微笑着被他一把拥紧，可惜他身高不够将高个子的梁绍禹拥入怀里，只能狠搂着梁绍禹的腰。

"这词用的，我会吐的。好久不见，想念你的歌声了。"梁绍禹回应着他的拥抱，却见那男人坏笑着看了一眼胜男，继而在梁绍禹腮上狠狠落下一个吻。

"胜男，你有纸巾吗？"梁绍禹松开他，用手嫌弃地抹了一把腮部。

胜男的大眼睛瞪得比月亮还圆。

"哈哈哈，咱们老婆很高。"那个男人打量一眼胜男，笑声充满西南人的自由与奔放。

"给你们介绍，这是我女朋友胜男，这是我的丽江兄弟阿火，摩梭族的帅哥。"梁绍禹笑说，说完之后，挥腿踢了阿火一脚，"去院子里生火去。"

"谁是你女朋友！"胜男本能地抗议着。

阿火的大皮鞋亦是踢在梁绍禹的腿上："进屋搬精神食粮去。"

胜男问："我做什么？"

阿火指着里间的屋子："你去衣橱找三件大衣。"

胜男点头，便进了那间屋子，只见一台笔记本屏幕闪着光微微作响，一张床，一台简单的一层式冰箱，两个古老的木制大衣柜。打开第一个，里面有许多花花绿绿的衣服，果然是少数民族。第二个尽是冬衣，胜男找到一件长羽绒服，一件军大衣，一件短休闲羽绒服，抱在手里，走出房间，却见院中间已生起一堆篝火，阿火手里抱一只吉他，梁绍禹坐在一堆架子鼓中央。

梁绍禹见胜男抱着衣服出来，挑了一件最长的，从胜男的手臂抽出，轻轻披在胜男身上，扔一件军大衣给阿火，自己披上短羽绒服，指着一个木头方板凳让胜男坐下。吉他弦在这时被拨动。

梁绍禹扔下架子鼓，刚坐在胜男的身边，伸出长手烤一阵子火，便起身去了屋里，转身回来的时候，手里多了三个大竹筒。

"喂，我的米酒！"阿火扔下吉他，忙去抢，梁绍禹已抄起一筒，微笑着慢悠悠饮下一大口。

微白的米酒从那张微笑的唇边流下，滴在阿火的羽绒服上，阿火耸耸肩："怕了你了。"

梁绍禹便递一个竹筒给胜男。

胜男接过来："酒？你不是血压高吗？"

梁绍禹摇头："几乎没有度数。暖暖身子。"

胜男便接过来，喝一口，果然清甜中带着米香。

阿火开始唱民歌，一股雪山下的悠扬、暖昧、空旷，伴着雪花声声入耳。

"他是个小说作者，或者说是个作家，也是个歌手。"梁绍禹轻轻凑在胜男耳边说。

胜男的耳朵痒痒的。

“他躲在这里写一部小说。”梁绍禹继续说，“他是个性格很开朗的人，能在这种幽静的地方待半年，少不了我们这帮人的骚扰。”

“你经常骚扰他吗？”胜男问。

“是啊！”梁绍禹笑说，“你不觉得他的歌声让人内心安宁吗？”

梁绍禹慢慢自饮，米酒下肚，篝火映在他的脸上，将那微带落寞的俊脸映衬得越发生动，明丽的水，青石板路之上的天……

阿火一曲歌毕，梁绍禹起身，休闲的黑羽绒服套在他身上，显得他更像是个二十多岁的青年人，他拾起鼓槌。打架子鼓的梁绍禹美目略带寂寥，目光时而遥远，时而陶醉。趁着空档，他再饮一口酒。

“妈不要你了！谁让你总生病，去找你的有钱的爸去！”

“妈，我要在你身边，求你不要赶我走……”

“你又要读书，又要吃药，妈妈养不起你，你走吧！”

年少时光如梭般流过。

“妈，今天是周末，我可不可以回来住一晚？”

梁绍禹仰头，再饮一杯，头晕乎乎的。

“以后你不会再听到我叫你一声爸，我也不会再踏进这个家半步！”

一曲下来，一筒米酒已空。

梁绍禹坐回胜男身边，双手凑近火堆，冲胜男微笑：“我想我母亲了。”

“你母亲一定很伟大，很慈祥吧？也很漂亮？”胜男问。

梁绍禹淡笑："很漂亮，很了不起的女人。我十岁前，她独自抚养我，直到我得过一场大病之后，她才把我送给我父亲，那是那个男人出医药费的交换条件。"

梁绍禹说着，夺过胜男手中的米酒筒，仰脖饮下去。

胜男心下一疼，阿火的又一首歌悠扬入耳。一首胜男完全听不懂的、少数民族风情十足的静静的歌。

"好听吗？"梁绍禹喝了酒，又没戴眼镜，一双大眼睛迷蒙着，发出十万伏特的电力。

"好听，从来没听过那么好听的歌。"胜男点头。

梁绍禹轻吐一口米酒香的热息："所以，我醉了。"说着，便捧着胜男的脸，将自己的唇凑上去，胜男本能地一闪，梁绍禹一个趔趄，整个人压在胜男的身上，胜男一倒，两个人便仰倒在雪地里。

"哥们，没事吧？"阿火急忙放下吉他走上前。

梁绍禹似乎是晕过去了，又似乎是睡过去了，整个人年糕似的黏在胜男的身上，拉不开，扯不下，拖不走。

"喂，哥们，你再不起来，我们要脱你衣服了？"阿火嘻嘻哈哈地扶起他。

梁绍禹却一点反应都没有。

"糟了，他喝那么多酒，该不会犯病了吧！"胜男紧张地拍拍梁绍禹的脸蛋，"还是酒精中毒？快送医院！"

阿火颇有深意地看了一眼胜男，一把将他的胳膊架到自己的脖子上："先送医院。"

今年的第一场雪依旧没有停，飘飘摇摇地落在车窗上，继而融化成水珠，顺着玻璃滴下去。

汽车后座上，胜男将梁绍禹的头端正地放在自己的腿上，他呼吸均匀，面色却展现出醒着的时候从来未有过的痛苦。

阿火一面飙车，一面用略带口音的普通话陈述着自己的观点："你很紧张他。"

胜男低头端详着梁绍禹微蹙的额心，说道："他不是有高血压的毛病吗？"

阿火轻轻一哼："对了，他今天相当反常，你察觉到了吗？"

胜男点头："好像是不太一样。"

阿火长叹一声，"认识他好几年了，他每次来找我，就证明他心情已经非常差了，这时候，他要不是和那个臭医生在一起，就是一个人。像他这种男人不缺女人，甚至不缺男人，他带来和我们一起发飙的女人，却只有两个，一个现在嫁给中学教师了，另一个就是你。"

"他像所有能担当的男人一样，自己有事都会憋在心里，身体又不好，不管怎么说，对他好点。"阿火继续说。

胜男心下一颤，嘴上却说不出什么，窗外黑洞洞的高山悬崖壁立千仞。窗内，车里黑黝黝一片，透过月光，胜男看不太清梁绍禹的脸，他微呈银色的脸不像是真的，虚幻得像一个梦里的场景。

"阿火，医院快到了吗？"胜男问。

"快了吧。"阿火说。

梁绍禹再次醒来的时候，已经是凌晨3点。

扬眉，眨眼，眼前的东西清晰起来，只见胜男正用大眼睛盯着他看，再看看四周一片白，敛起的眉毛舒展开来，梁绍禹抬起自己正在注射点滴的手腕，微笑："喂，我不过喝醉酒而已，至于送医院吗？医院可真会创收。"

胜男见他眉毛舒展开，知道他正将满腔的心事强压下去，也不揭穿他，便问："好些了吗？"

梁绍禹便要扯下自己手上的点滴："完全没事，打道回府吧。"

胜男一把按住他扯点滴的手："你逞什么能？你今晚在这里休息好了！"

梁绍禹眸子含笑，将自己的身子往一侧挪了挪，拍拍空一个人位置的床单："好啊，那你要不要也休息一下？上来吧。"

胜男摇头："你别乱动，打完点滴好好睡一觉，你拔了针我就回去。"

梁绍禹轻摇手指："让女人独自回家，我办不到，一会儿我开车送你，"说着，望了望四周："阿火呢？"

胜男说："见你没事，开你的车回去了。"

梁绍禹无奈地笑笑，思索了片刻，微微撑起身子："也不错，走，带你去看一样东西！"说完，便又要拔自己的点滴针。

胜男握住他的手腕不放。

梁绍禹于是说："胜男，我想喝水。"

胜男便去找热水瓶，发现床头柜子上的热水瓶里居然是空的，杯子亦是水垢满满，提了暖壶刚走几步，却感觉有人和自己并行，扭头一看，果然是梁绍禹。

"妞，跟我走！"梁绍禹说完，便抓住胜男的手臂往外跑，跑出大厅，跑出并不算长的院子，踩着尚未被践踏过的白雪，雪压在脚下，化成一摊水迹，激起的泥点子落在他和她的长裤上。

"空气真好。"胜男深吸一口气。

梁绍禹的脚步也停下来。

大约北京空气最好的时候便是雨雪之后吧。

两人正说着，远远开来一辆公交车，梁绍禹兴奋地拽起胜男的手继续跑。

胜男不知为什么，就跟着他追起了末班车，空气凉丝丝的，沁着雪后的清甜，两人喘着粗气，赶上了公交车，两人随便找了位置并排坐下，梁绍禹望着周围空荡荡的座位淡笑："果然没有什么人了呢。小时候每次赶上末班车都特别开心。"

胜男打量着梁绍禹眉梢眼角尽是少年般的喜悦，好奇道："我还以为你没有坐过公交车呢，怎么？你很喜欢坐末班车？"

梁绍禹摊手："为什么没坐过？我小时候和一帮朋友组织乐队，常常表演到深夜，有时候换场子遇到末班车，都会特别开心。好多年了啊。"

胜男打量着梁绍禹那张黑暗中依旧线条秀雅的脸，更好奇了："那你为什么没有一直做鼓手？"

梁绍禹刮了一下胜男的鼻子，抬起头望着大马路上刚行驶过去的一辆奔驰，笑说："人总是要长大的。"说完之后，俯视着胜男，黑曜石似的眸子在黑暗中亦能发电。

"阿嚏——"梁绍禹忍不住打了个喷嚏。

刚好，路过一个公交站点，梁绍禹牵着胜男的手："下车。"

两人便上了一辆出租车，刚上车，一阵热浪滚来，胜男迷迷糊糊地睡了过去，梁绍禹将胜男的脑袋按到他的肩膀上，微笑。

太阳照在胜男的脸上时，胜男觉得眼皮和脸皮沉沉的。后脑勺硬邦邦的，摸下去，不是枕头，而是一条胳膊，贴了一块胶布的手腕与她的脸近在咫尺，梦里梦外，那张脸那般相似。胜男就这样细细端详着那类似的远山眉，类似的含笑唇，一时间，恍惚在幻境。

可是，端详着端详着，胜男心下终于黯然：她的少游哥苍白、清瘦，记忆中，哪里有那么红润的脸。

起身，两人同盖的被子被掀起来，那人的银色睡衣与自己身穿的白睡衣款式相似，绣得花纹也是情侣样的。

胜男的心狂跳起来。马上爬起来，毛衣、外套都扔在地上，胜男打量着四周：陌生的银色窗帘，陌生的银色系卧室，陌生的床和地上的白羊毛地毯……这个人是什么品味。

心慌之下，胜男冲着睡中人的胸口就是一拳。

“呃。”

一声闷哼，梁绍禹揉揉眼睛，慢慢地摸索着，终于摸到眼镜，架到鼻梁上，用昨晚打过点滴的手揉揉胸口，浅浅地冲着胜男笑说：“早啊。”

“早你个头，你……你干什么！”胜男结巴着东张西望，其实，他的胳膊感觉不赖，只是……

“没干什么啊？”梁绍禹慵懒地坐起来，摊手，“昨晚你在出租车上睡着了，我家比较近，直接把你带到我家来了。”

胜男心虚地跳下床，拾起地上的衣物：“你有没有做过什么！”

梁绍禹的眼波潋潋，透过眼镜，发出十万伏特的电力：“你指的是什么？”

胜男不语。

梁绍禹打量着胜男的窘态，微笑着摇头：“昨晚的雪中漫步和篝火演唱会非常愉快，你期待的什么只在议程之中，不过，你放心，你没同意之前，我不会做任何事情，”梁绍禹收起笑脸：“包括吻你。”

说完，却探下头，在胜男左颊补了一记吻，随后哼着他喜欢的爵士乐优哉游哉地走进洗手间，胜男抱着毛衣，使劲搓着自己的左颊，心里痒痒的，手里痒痒的，睡衣摩挲着的脖子亦是痒起来，痒得她想咬人。想换衣服，还怕梁绍禹忽然冲出来，想出去，可惜没穿外衣。

“喂，那只粉色的牙刷是给你的，牙膏你用的习惯不？”

梁绍禹挥舞着一只牙刷，一面刷牙一面含糊不清地说。

“或者，你想和我用一只牙刷？”梁绍禹满眼笑波。

“不。”胜男脸唰的一红。

梁绍禹宽和一笑，将身子缩回洗手间，胜男气得热汗淋漓，抹一把额头上的汗，只听洗手间里水花激荡，有个男声夹杂其间：“后天带你去见区仲衡。”

胜男没有回答。

这个诱惑拒绝不得，抵抗不了。

正想着，梁绍禹从洗手间走出来，精神抖擞，一张英俊得出奇的脸被阳光照得熠熠灼人：“进去吧，怕我偷看就把门锁上，顺便把衣服也换了。”

胜男怔怔地瞪着他，答应也不是，拒绝也不是，倒是梁绍禹开始动手解自己银色睡衣的腰带：“或者，你是想看我如何换衣服？”

“你！”

胜男只得抱着衣服冲进洗手间，胡乱洗漱一番，便要离开，梁绍禹已将门打开：“我送你。”

“不用了！”胜男低头往外走。

“早上起来很冷呢，你又没吃早餐，等公交车当心感冒，传染了延延。”梁绍禹笑说。

胜男嘴硬道：“我坐出租车。”

梁绍禹摊手：“好吧，不过，先把这杯牛奶喝了再走。”说着，递上一杯热牛奶。

胜男望着梁绍禹的眸子，突然就有扑上去的冲动。

乘电梯，从七楼到一楼，不巧的是，每一层都会有人进电梯，胜男窝着一肚子火跑下去的时候，梁绍禹已斜倚在他的银色轿车面前，向她挥手。

一路上，梁绍禹载着胜男，一言不发，只是微笑，待一阵烟尘飞过，胜男开门回家时，只见文文穿着围裙，手里持一把长勺子冲了上来。

“妈，你去哪里了！我昨晚打那么多电话，你怎么关机了！”文文仔细地打量着胜男的脸和手，勺子里的汤残渍滴落在胜男的外衣上。

见胜男安然无恙，文文眉飞色舞起来：“昨晚，梁叔的表现不错吧？”

“妈妈在梁叔叔家睡的。”延延说。

“睡你个大头。”此时，家琪刚给延延洗完脸，牵着延延的小手，不去看胜男，“以后出门带充电宝。”

第二天下午，梁绍禹去接她的时候，神情却是严肃的，衣服也换为正统的黑西装。

“区大律师会见我们吗？”胜男再次坐上梁绍禹的车时，手心全是汗。

“不由得他不见。”梁绍禹淡淡地说，一面驱车。

胜男坐在副驾驶座上，被他浑身的冷气逼得手指发凉，却又被车上的暖气吹得周身发热，又冷又热。

梁绍禹不知从哪里变出一把钥匙一张白色的卡，放在胜男眼前。

胜男自然知道这是房钥匙和住宅区的出入卡，热辣辣的脑间突然就冒出一个词：金屋藏娇。

可是，她是两个孩子的母亲，算哪门子娇。胜男顿觉一股热血突然涌上脑门。

“你把我当什么了！”胜男强压着自己的嗓门，脸蛋火辣辣的，盯着梁绍禹的眼睛质问道。

梁绍禹勾起唇角，洞视着胜男涨红的脸蛋：“怎么了？”

“你……”胜男气得手指抖动着，一时语塞，竟说不出口。

梁绍禹启唇一笑，露出一口贝齿：“我给你新员工的宿舍钥匙，怎么，你也想要？”

胜男这才反应过来，钥匙原来是给家琪的。

梁绍禹注视着前方的车流，淡淡地道：“我不管他是你亡夫的干侄儿还是什么，我的女人坚决不能和别的男人住在一起。”

“谁是你的女人！谁和别的男人住在一起……”胜男攥着自己的五年前亡夫送她的包，将包带子扯出一把汗来。

梁绍禹揶揄一笑：“难不成，文文也追求过你？”

胜男被梁绍禹噎的说不出话来。

梁绍禹反而认真地将钥匙塞到胜男手中：“首先，你是我梁绍禹喜欢的女人，如不接受第一则，第二则或许你能接受，也是关键的一则，家琪前一阵子被高利贷追杀，你们住在一起，想吓坏延延吗？或者说，你想在法官面前因为家琪的存在而失去延延？”

胜男愕然。

无奈之下，胜男只得夺过钥匙，一面喃喃地说：“家琪得到你那么多恩惠，他还得清你吗？”

梁绍禹微笑：“到达目的地了。”说完，将车停下之后，一面微笑着，一边躬身给胜男开车门。

胜男诚惶诚恐地抱着包下车，便听梁绍禹悄声说：“挽着我的胳膊。”

胜男尚未反应过来之时，梁绍禹已将她的手牵至自己的手臂上。

胜男顺从地挽着，走向一排圆弧形的楼群里。这便是她坐公交车经常路过的辰翰大酒店，周围林立着众多大型公司和高档写字楼。

这是一个拥有511间高级客房，同时提供世界各地的精致美食的地方。室外网球场、30米道全自然采光的泳池、设备齐全的健身中心及全球知名的水疗中心在这里样样俱全。

胜男仰望着辰翰大酒店金光夜色下的大牌匾，悄悄问梁绍禹："这里是五星级酒店吧？"

梁绍禹笑望前方，漠视门口的旗袍小姐："嗯，白金五星。"

胜男挽着梁绍禹胳膊的手不觉一松："对不起，害你破费。"

梁绍禹还未说话，便见某人带着几个西装革履的随从亲自迎上来。

"绍禹啊，你就不能早来一会儿，陪陪老人家？"

胜男打量着说话的男人：笔直，英挺，微卷的薄薄的黑头发梳得一丝不苟，一身白西装，一条红色条纹的烟灰色领带，一副在眼镜下矍铄敏锐的眼。

"不好意思，下班之后接胜男去了。给你介绍下，这位是周世舫周先生，鼎鼎大名的辰翰大酒店便是他旗下的产业之一，这位是卓胜男小姐，我女朋友。"梁绍禹浅笑着。

胜男只觉得心下狠狠地一颤，头脑里"嗡"的一声。这个桂冠沉重了些。

周老爷子微笑道："原来是我周世舫的准儿媳啊，胜男你好。"

说罢，周老爷子友好地挥起双臂，便要如拥抱女星般抱拥胜男，梁绍禹走上前，脱去他的西装："周先生，您的酒店真的很暖和，比较费电。"

胜男被这父子两人的对话惊得瞪大了眼睛，说不出一句话来。

周老爷子一把拦住儿子，从白西装口袋里掏出一个支票薄，抿唇微笑："没关系，再多一倍的空调咱们也付得起。胜男，这是周家给你的见面礼。"说着，老爷子大笔一挥，写了个数字，梁绍禹微笑着接过来对胜男说："给你你就拿着。"

胜男急忙摇头："谢谢周老先生，我不要！"

周老爷子一听"老"字，本来笑得灿烂的脸猛地一僵，却又瞬间恢复笑脸："说得我很老似的，走，我带你们去提前准备好的房间。"

恍惚中，胜男已随老爷子和梁绍禹进入一间依旧是黄色的包间，等了大约十五分钟之后，等来了一个身穿土黄色夹克衫的、笑得一脸慈祥的四十多岁男人。此人夹克内穿不起眼的酱紫色毛衣，休闲的牛仔裤，要去逛菜市场似的，然而，周老爷子却起身，胜男急忙跟着起身，这便是传说中的十大律师之一的区仲衡。

胜男静静旁听着三个成功的男人互相客套吹捧，听周老爷子不断无意间炫耀并不叫他爸爸的儿子，胜男自始至终觉得自己像是被一个无形的隔膜隔于三人之外。

大堂领班先是在一旁候着，待周老爷子吩咐："把顶级的台湾冻顶乌龙拿来。"胜男心里惶惶然。胜男觉得喝的不是茶，倒像是金子。

棋盘形黑檀木茶盘，胜男记得，这是最名贵的茶盘，心指一阵发软，盘里的大大小小的杯子，她家里也有一套，可是，在这种情况下，她的太阳穴处涔着汗，竟将茶道忘记得一干二净，深深垂下眼睫。

梁绍禹便微笑着接过胜男手中的茶壶，仔细进行了一番茶道，区仲恒饮下一小杯之后，便听周老爷子说："区老弟，儿子和媳妇都敬茶了，有个忙，你可一定要帮。"

胜男眼圈一红，便说："我死去丈夫留下的孩子，现在要被孩子的亲生母亲收回去了。"

周老爷子一听丈夫这两字，眉毛微微一动。

梁绍禹微笑着款款举茶壶，再给大律师斟茶，清新典雅之气香飘满屋，连桌中央的香水百合香都被掩盖起来。

区仲衡轻啜一口蜜绿金黄的茶汤，笑说："卓小姐请继续讲，前因后果都仔细讲一下。"

"是这样的，五年前，我和我丈夫刚结婚的时候，意外发现他的生意伙伴为了和他在一起而故意用药迫使他们发生关系，有了孩子。"胜男说。

周老爷子面部肌肉已经笑至僵硬，斜了梁绍禹一眼，只见他面带微笑，正冲胜男点头。

胜男讲述其间，周老爷子的脸上忽阴忽晴，最后，却依旧是不失风度地微笑，"胜男带着那么小的孩子，真的挺不容易，全靠你了，区老弟。"

区仲衡依旧十分平易近人地微笑着："老实说，这个官司对我们相当不利，不过也不是百分百就输了，明天卓小姐去我的律师楼一下可以吗？"

胜男急忙点头，之后，继续听着三个男人扯那些和自己丝毫不相关的话，上了一些自己素来没见过，却浑然不觉可口的菜。一小时之后，晚宴结束。梁绍禹带胜男离开，将胜男送回家之后，又进了那个他常去的地方。

这一夜，梁绍禹玩得疯狂。疯狂过后，对方趁他熟睡时将他的药偷梁换柱，他亦没有发觉。

第十一章　名门暗战，细水长流

家琪是清晨八点整时从胜男家出发的。

没有车可开，意味着出小区的时候，便要跟随着别人的脚步亦步亦趋地出门，可是，这个小区大都是驱车出入者，家琪只得厚着脸皮招呼下门卫："哥们儿，嘿！昨个喝酒了，忘开车了！"

"嘟"一声，门开了，家琪搓搓手，呵一口热气，向公交站点走过去。

连续等了10辆公车，载走了一批又一批怕迟到扣工资的可怜人，可是，都不是他要乘的车次。

家琪一赌气，挥手拦了一辆出租车，车停在他眼前时，他挠头发、抠下巴，出租车司机按一下喇叭，家琪只做失聪。

入冬的凉风嗖嗖地灌入他的脖颈，钻入他的手心，他跺着脚，身后已排满了等车人。等了三十分钟之后，那辆公交车才姗姗来迟。终于挤上公交车，取得一寸立锥之地。好不容易到站，被倾泻而下的人流推着下了公交车，家琪已是满头大汗，心却是踏实的。从美国读书归来之后，他便与人合伙开公司，除了偶尔提供创意，他大事小事一律做甩手掌柜，剩下的时间无非是胡闹，他知道自己是罪有应得。

到梁绍禹的公司时，刚好10点。晚了足足半小时，可是，等了两个小时之后，梁绍禹依旧没有出现，电话也是关机状态。

此刻，梁绍禹刚醒来。他的眼眶肿胀不堪，便又乏力地卧倒下去，揉揉太阳穴，微微闭上眼睛，今日的计划已浮现在他脑海：下午有个会议，客户明确要求让他亲自当导演，还有一个短片已经拍摄完毕，待他拍板，他顿时清醒了些，扶额，从地上捡起长裤，掏出药瓶，服下去。

昨晚的那个女人早已不见人影。

梁绍禹抿唇笑笑，缓缓起身，待眼前的黑云慢慢消散了，便起身洗漱，下午一点的时候回到公司，在公司外头的沙发上，看到一个傻小子倚着扶手，歪着脑袋，头向右侧一磕，再一磕，口水流下来了。

“咦，卓胜男？”

梁绍禹用车钥匙捅了一下家琪的胳膊。

家琪一听，一下跳起来，抹一把嘴角的口水四处张望：“在哪里？”

梁绍禹浅笑，指着一个打扫卫生的大妈：“下午好啊，卓大妈。”

家琪咬唇：“真无聊。我来报到了，等你给我分配工作。”

梁绍禹款款走着，家琪跟屁虫似的进入梁绍禹的办公室，便有一男一女送来CD，两人走后，梁绍禹便打开笔记本冲家琪微笑：“这便是你的第一个工作。”

家琪便等电脑开机之后，仔细看完短片后，他却冷笑起来。

梁绍禹不动声色地问：“你笑什么？”

家琪的小眼睛熠熠生辉：“这个短片的导演是男人吧？”

梁绍禹摊手：“怎么讲？”

家琪不屑地说：“我不知道他和那个女模特有什么关系，

但是你看，这个女模特瘦得都不知道有没有例假，哪里来的那个大胖小子？后妈？而且那个女人太年轻，没有一点母亲的感觉，虽然这样看挺漂亮，卸了妆估计能吓死一头牛，长得比胜男都难看！”

梁绍禹点头：“你继续。”

家琪直爽地说：“不如换女模吧。没有一点慈爱母亲的感觉，我觉得太欠缺说服力。”

梁绍禹略一思忖，换下一张CD，这次是一个知名女星的广告，是药品广告。家琪的一双小眼镜紧盯着屏幕，短片播放完毕之后，他皱着浓浓的眉毛：“我再看一遍。”

梁绍禹揉揉太阳穴，慵懒地将身子往椅背上一靠，家琪回头再放了两遍，待梁绍禹刚要闭目养神，便听家琪说：“老实说，这个片子很完美，各个细节处理得也很好，可是，有个地方我觉得很别扭。”

梁绍禹睁开眼睛，微笑：“说。没关系。”

家琪便指着屏幕上的那个小女孩说：“那个女明星生的是儿子，为什么不用男孩？”

梁绍禹放入第三个CD，游戏短片，这次，家琪的一双眼睛放着光，浏览过一遍之后，又一口气仔细观看了三遍，第三遍之后，拍了一下梁绍禹的桌子，大喊一声：“这是谁做的！哈哈哈！”

梁绍禹侧了一下头：“有什么疑问吗？”

家琪说：“很完美的创意，所有的细节都很完美，不过……”

“不过什么？”梁绍禹不解地问。

“这个女明星看上去清纯得要死，其实是声名狼藉，你等着吧，过几天，同类的游戏品牌肯定会炒作她和富商过夜之类的事情，到时候，影响这个游戏，可别说我没提醒。”家琪的小眼睛笑成一条线。

梁绍禹似是认真思考了一下，却笑了：“家琪啊，你不觉得这是好事吗？显然这是让打这个游戏的男人们浮想联翩的理由。”

家琪皱起眉头：“喂，那另外的两个呢？你打算怎么处理？”

梁绍禹宽和地笑说：“是啊，我赶紧处理完，等陈总给个批示。”

家琪倒也不是个傻子，挠了一下脑袋：“不，其实吧，我觉得，胜男挺适合当这个婴儿奶粉的女主角的，她才是个真正的母亲。”

梁绍禹的笑脸马上收了起来，取而代之的是无比的严肃。

“知道你刚才犯了什么错误吗？”梁绍禹面无表情地问。

家琪一惊。五年前被梁少游批评时的场景仿佛就在眼前。

家琪竟心虚地低下头，一面啃手指头一面说：“不知道。”

“不知道就思考一下。”梁绍禹挨着椅背，海绵吸水般存贮着自己的体力。

也许是昨晚太过劳累，如飞机升降时的眩晕感觉，一阵严重过一阵。家琪见他一副悠闲相，冷哼一声。

正在这时候，内线电话响起来。

家琪见梁绍禹没有接电话的意思，接起来递给他，梁绍禹重重地伸出胳膊，软绵绵地放在耳畔：“知道了。”然后从裤袋里掏出一个没有字的小瓶，摸出药，仰脖咽下去，家琪只得问：“你怎么啦？”

梁绍禹摆摆手。大约五分钟之后，梁绍禹微闭双目说：“马上有一个短片由我来做导演，你也跟着去。”

家琪一阵心虚，小眼睛瞪得像金鱼的眼睛一般大：“你，你不会花那么多钱顾个男秘书吧！”

梁绍禹款款起身：“于是，这就是你对自己的定位？”

梁绍禹说着便往前走，走了两步，他高大的身躯却犹如狂风中的玉树飘摇起来，家琪一把扶住他。

“你真的没事？”家琪打量着梁绍禹微微泛白的面容道。

梁绍禹睁开双目，任那双眼洋溢着故意为之的活力十足：“没问题。”

可是，随着公司的车驶入摄影棚之后，梁绍禹一下车，眩晕的感觉愈演愈烈，胃里亦是翻滚起来，胸口憋闷着，脚下不知不觉像踩了云一般。

“有烟吗？”梁绍禹拍拍随其而来的司机的肩膀，吃力一笑，唇色淡白。

“有！不过是八块一包的……”司机不好意思地笑笑。

“没关系。”梁绍禹微抖的手指把着司机的肩膀，勾起唇角一笑，上唇黏在牙龈上。

周绍勋下午两点醒来的时候，身边是空的，抬眼一看，女人正对着镜子一板一眼地贴假睫。

周绍勋懒洋洋地挥动两条赤条条的胳膊，打了一个酒嗝，惹得女人放下假睫毛，一个劲儿用抹了漆黑指甲油的玉手狠扇：“一股酒味！周家二少爷海量哟！”

周绍勋狠剜了女人一眼，用长腿撩了一下被子，冷笑。

那女人也不避讳地说：“您有本事就多哄哄您家老爷子，把我这里弄得酒气熏天算什么！”

周绍勋把被子狠狠往地上一摔，一下爬起来：“你这里谁给你的？你今天存心和我过不去是吧！”

女人冷笑：“你老爷子连那鸡毛蒜皮的官司都找顶级律师

帮你哥打，以后还指不定做出什么事来。”

周绍勋抓起被子，将自己从头到脚蒙了个严严实实：“老头子一辈子精明，一到他宝贝儿子面前就犯傻，我能管得着吗？”

女人袅袅走上前：“你老爷子才是最精明的，他这是放长线钓大鱼呢！你哥再了不起，他绕京城跑一圈，能比得过你老爷子动一根手指头？让我看，以后你哥再有什么事求你老爷子，三求两求，两人的仇怨消了，他迟早会回周家，到时候……”

周绍勋再度爬起来：“老头子真阴险！”

女人微笑：“他阴险不阴险我不知道，我只知道，你在坐以待毙。”

“什么叫坐以待毙！梁绍禹你给我等着，等你的广告公司大堆大堆的退单上门，我气死你！”周绍勋气急败坏地道。

女人笑道：“就这点本事啊？拿着周家的钱让别人不做你哥的生意？京城那么多企业，那么多要做广告的，你管得着多少？”

周绍勋也不理会，目光定焦在一处，十分钟内一言不发，女人忍着笑，继续化妆，将那张本就花瓣般的面容抹画得像艺术品一般。

女人化完妆之后，周绍勋依旧一言不发，女人从地上捡起他的裤子，从裤袋里掏出车钥匙：“我去买早餐，一会儿回来。”

周绍勋却自顾自狞笑：“也就是说，让老头子帮不成这忙，他们父子的关系不但不会缓和，反而会更坏，是吧？”

女人眼波流转：“你总算聪明了一回！”

周绍勋却摇头，自己默默嘀咕着：“不行，不行，如果是制造生意上的大麻烦，老头子会更不放心我接他的班。”

女人欣然一笑：“你慢慢想。”便挥着周绍勋的车钥匙离开，周绍勋坐在床上，皱着眉头开始琢磨。想着想着，便觉得大脑嗡嗡的，思考问题，显然不是他擅长的，他更擅长的，自然还是用钱考虑——周绍勋摸起睡衣，胡乱套上，刚要开机，就听到一阵急促的电话铃声，接起来，女人娇滴滴的求救声迅速钻入他耳："绍勋，你快过来呀，我现在被人缠着，他不让我走了，我在12号楼，快来救我呀！"

"他们为什么不让你走？"周绍勋一听，猛地站起来。

"我，我不小心开车碰到人家的摊子了，我又不是故意的，呜呜呜，用得着砸车吗！"

"什么？砸车？"周绍勋一听，双目一瞪，"你等着！"

12号楼前已围了些人，一个四十多岁，满身满脸沾满油灰的男人站在车中央："你今天必须赔我的鞋！赔我的摊子！不赔你就别走！"

女人在车上不下来："你闪开！你大下午的挡别人的路，你还有理了！"

那男人举起自己的大锤，肩膀不停地抖动着："我们做点小买卖容易吗，你们赚那么多钱，开那么好的车，撞坏东西不赔你良心被狗吃了！你给我下来！你不下来我就砸了你的车！"

一听要砸车，周绍勋急了，冲上前去，伸手去夺男人的大锤子："你的破鞋多少钱！我的车多少钱！你赶紧给我住手！"

那男人一见是个衣冠楚楚的公子哥，暂且放下大锤，指着自己乱七八糟的东西：粘鞋的胶洒在地上，鞋东倒西歪地散落在地上，其中还有几双鞋已在女人的车轮下变成畸形，皮子、锥子撒在四周。

"你看看，你的女人把我的摊子撞成这样，别的不说，这鞋子是客人的，你们得赔吧？"那男人理直气壮地望着周绍勋，深刻的双眼皮像刀刻出来的穷苦艰难似的。

周绍勋显然没有洞悉别人艰难的观察力，却见自己的车上多了一个砸痕，一把将那男人推出老远，指着男人的鼻子大骂道："连我周绍勋的车都敢砸！你知不知道我是谁？谁让你他妈的挡路的！鞋坏了你活该！我告诉你，你个修鞋的，我还就是不赔了！从今往后，我不准你在这个小区出现，不然，你出现一次我们撞你一次！这次是摊子，下次是人！你要不服，一会儿跟我弟兄们说理去！"

"现在的富二代真是二啊。"

"真是狗仗人势。"

"这人的良心被狗吃了。"

周围的人开始窃窃私语。

周绍勋也不理会，狠狠拨出一个电话，"喂，大飞，你赶紧带五十个人过来，对，快！"

修车的男人已气得浑身发抖，嘴唇也呈现出肺气肿似的紫色。

"我告诉你，你必须给我滚，马上！"周绍勋指着大门口，却不料，那个男人抓起地上的一尺多长的锥子冲上来。

"绍勋小心！"女人在车上尖叫着。

周绍勋急忙一躲，抓住男人的胳膊，使出全力往自己腿上一撞，男人手里的锥子脱手而出。

捡起锥子的那一瞬，周绍勋只觉得，这辈子从来都没有那么痛快过。

锥子刺向男人的心脏，周绍勋使了点力气，男人青筋突起的脖子，凸出的眼球分明昭示着他不可告人的秘密成功了。

放下锥子那刻，他放声大笑，抹了一把脸上的汗珠，松了一口气：官司的事情，怕是终于有着落了。

与此同时，胜男刚下公交车，可是，周围全是广得大厦，三座楼，她转悠了好一阵子，才找到C座，可是，刚到10楼，打个电话给区仲衡，却听他说：“卓小姐，对不起，我这里有个紧急事件，回头我打给你可以吗？”

胜男的后脑勺迅速蒙上一头汗珠。

“可以。您先忙。”胜男挂掉电话之后，站在透明的玻璃门前，一时间头脑反应迟钝，手心涔着汗，心中有说不出的紧张。

她想打电话给梁绍禹，可是，现在是上班时间，她不舍得打扰他，她想打电话给家琪，可这是家琪第一天给别人打工……

胜男就这样石像般站着，望夫石一般，直到一个看上去二十五六岁的年轻律师入内，刚进门，却又退回身来鞠躬递名牌：“小姐，请问需要律师吗？”

胜男勉强挤出一个微笑：“没事，我看看。”

说完之后，掉头缓缓走向电梯处，机械地按下行按钮，待到电梯门打开，却忘记迈步子。

电梯关闭的一刹那，胜男急忙按住按钮，失神地冲进电梯，回到家中时，冲着大厅的墨绿色浮雕凝望了许久。

下午的希腊圣苑小区是安静的。只听见北风吹打玻璃的声音，梧桐树的黄叶已干枯焦脆，老化成了灰墨色，扑啦啦拍在窗上，粉身碎骨。

摄影棚中却是盛夏的翠绿。

模特荷叶新绿的纱衣，纱衣下玉兰花般的美腿，四周打下的白亮明晃的灯光……这一切，在梁绍禹的视觉中，都犹如天外来客般，飘缈在天边。

他不停地饮着纯净水，头晕目眩的感觉一刻也没有停过。服了药，药效几乎为零。

他勉强支撑着身体，纠正着灯光照明的瑕疵、模特神态的错误，以及风扇吹动裙摆的幅度，他的脑袋里像塞了棉花糖一般。于是，他斜倚在长椅上，一动也不动地指挥着，无视模特一个又一个挑逗的眼神，休息的时候，像闭目养神起来。

忽然，手上凉丝丝的，睁开眼睛，只见手上多了一杯绿茶，是自己的助手莉莉递来的，可是，他考虑到刚吃过药，吃力地张望一下四周，见模特的助手早已在补妆、递水、捶背，像孝顺亲妈一样，只得笑着拒绝："给那个傻小子吧。"

那个傻小子，自然是刚来的家琪。

家琪走上前来："谢谢，可是，我要说句对不起。"

梁绍禹敲了一下疼痛的脑袋："为什么？"

"你是个了不起的导演，我在这里的几年，会学到很多东西。"家琪说。

"是吗？"梁绍禹浅笑。

"当然，功底不够的导演可把史诗拍成只有商业价值的烂片，好的导演却可以把商业片排成史诗。"

梁绍禹宽和一笑："随便学，只要你在这五年内达到合同规定的要求。"

"啊……"家琪惊叫，"五年！我们签了那么久吗！"

梁绍禹疲惫地合上沉甸甸的眼皮，却又不得不在下一组镜头开拍时打起精神，待到这部分的镜头全部大功告成之后，他扶着椅子起身，一股血液直冲向脑门。梁绍禹觉得自己的双腿像奶酪一般，松软得几乎下一刻便要融化掉，眼前亦是漆黑一片。他勉强往前走了一步，脚下一松，一头栽倒在家琪的怀里。

"梁总！"

"梁先生！"

"梁导！"

周围七七八八的呼唤声，像是隔了一座山似的，梁绍禹远远地听着，觉得自己像是乘风归去的李白，飘飘在山的那一边，走着走着，便乘仙鹤飞起来了。镁光灯耀在他脸上，犹如仙家白灿灿的光。

“你怎么了？”

一声清晰的大嗓门，这是谁？声音越来越近了，他慢慢地又回到了山的这边，他依稀觉得自己的身子微微上升着，似乎是被几个人扶上了躺椅，下一刻，人中被狠掐得发麻。

“快给他喝水！”

铁钳子似的大手扳着他的下巴，熟悉的药片味道出现在他的味蕊，水入他喉，可是，眼皮像被封上了一般，黏在一起，怎么也分不开。

“林小姐，请问梁先生平时身体怎么样，这次晕过去……”

“林小姐，请问梁先生平时有什么疾病吗？”

梁绍禹依稀分辨得出，是记者采访的声音。

“快振作起来。想让你病蔫蔫的照片在网上报纸上出现吗！让周家知道，该有多少人举杯庆祝！”

梁绍禹在心里暗暗骂着，不知从哪里来的一股力量，竟让他振作起来，他勉强睁开双眼，于是听到大量或真心或假意的欢呼：“太好了！梁总醒了！”

家琪依旧掐着梁绍禹的人中。梁绍禹摆摆酸软的手臂，暗示他可以停止，借着他的胳膊，使出全力坐起来，一阵又一阵白花花的闪光灯照得他几乎当场再度晕厥。

“我没事了，低血糖而已，本人正当壮年，今天的事还请大家高抬贵手，今天的下午茶我请。”梁绍禹说出这一大串话之后，脊梁已沁了一层薄汗。他努力让自己不粗喘，微笑，却不知自己脸色煞白。

“都别拍了，不是什么大事，低血糖晕厥而已，梁总比较忙，所以才会如此，谢谢你们的关心！”梁绍禹的秘书林美玲也冲着镜头说道。

“能站起来吗？”家琪低头悄声说，“你要能站起来赶紧走吧，别在这里现眼了。”

梁绍禹动动脚：“扶我一把。”

说着，支撑着家琪的肩膀颤颤悠悠地站起来，在大一堆人的拥簇之下，死撑着自己棉花糖似的身体，挪着步子走到车前，家琪扶着他的腰迈上面包车，车门关上之时，他全身力气殆尽，倚着座位，像是离开了大海的鱼一般，挣扎扑腾过后，只剩下呼吸的本能。

林美玲喂他喝水，他已没有力气拒绝，水入喉咙，口腔依旧干涩。

“去医院吧，梁总。”秘书林美玲为他轻轻擦拭着额上和鼻尖的汗珠。

“记者们会跟踪的。”梁绍禹惨淡一笑，大口粗喘着。

“更何况，胜男今晚请我吃饭呢。”梁绍禹吃力地笑说，又是一阵喘息。

“让她晚上送你去医院呗。”家琪酸溜溜地摸出手机，他自己亦是吃惊：怎么自己这么快就被他征服了？

家琪的电话还未拨通，梁绍禹的电话却急匆匆地响起，林美玲从他衣袋里摸出，接起来递到他耳畔，是游戏公司的顾长青：“梁总，实在对不起，我们决定同另一家广告公司合作，非常抱歉。”

梁绍禹有些意外，对方给的答案却是实实在在的：“我是百分之二百赞赏你们的广告创意，可你们周家我实在惹不起，违约费我会双倍付给你们。”

放下电话的时候，前方的景物像是蒙了一层厚厚的雾纱。

手机又响了，爵士乐遥远得像天边传来的，接起来，又是退单。

梁绍禹淡然拨出那个熟悉的号码："喂，下午去找区律师了吗？"

梁绍禹听到胜男的答案却是："区律师下午出门了。"

胜男说："对了，现在网上到处在说你弟弟的事……说他在银河小区杀了人，然后取保候审了……现在网上各种网友的灌水像雪片似的……"

"知道了。"

梁绍禹苦笑。手指有些发直，越来越不听指挥，手腕也僵硬起来，像是被什么控制住了似的，梁绍禹不得不对胜男道歉："对不起，我身体不太舒服，今晚怕是去不了了。"

"没事，你好好休息。你在家还是在医院，你想吃什么？我给你做。"胜男说完之后，自己的脸立刻泛起一阵红晕。

"妈妈，梁叔叔病了？"延延在电话旁边问着，一面伸出小胳膊要去抢电话。

胜男只得把电话递给他，只听延延说："叔叔不要总生病啊，你要有力气把妈妈压倒，妈妈力气太大……"

梁绍禹忍俊不禁，电话已经被胜男抢了过来"喂，你在哪？"

梁绍禹疲惫地说："一会儿让家琪告诉你，我和他在一起……我先睡会。"说话间，他觉得自己的意识不清晰起来。

可是，刚挂掉电话，又收到一个违约电话，理由和第一第二个如出一辙："对不起，梁总……"

梁绍禹的电话从手中滑下，大脑里的血液像是火山喷发前一般热热的，热得他脑袋要爆炸了，一瞬间，梁绍禹完全失去了知觉。

“快去医院！”家琪大叫。

紧张而漫长的抢救工作便开始了，期间，来了一位老爷子，还来了一个抱着几岁的孩子的漂亮女子，家琪见胜男在，也一直陪着，梁绍禹的秘书也一直在。

周世舫起初并未意识到事态的严重性，见胜男抱着一个漂亮的大眼睛男孩，忍不住微笑着走上前：“胜男，这个孩子就是延延吗？”

胜男点头，一边教导延延：“叫周爷爷。”

延延乖乖地叫着：“周爷爷。”一双大眼睛打量着周老爷子，见他满头黑发，皮肤生光，延延眨巴着毛茸茸的大眼睛说：“周爷爷好年轻。”

周世舫花心怒放：“延延，叫爷爷就好。不必那么生分。”

延延见周世舫身材高大，笑容可掬，依稀和梁绍禹有些相似，便好奇地问：“爷爷，你是梁叔叔的爸爸吧？”

周世舫笑出一口白牙：“好孩子。”回头对胜男说：“今天白天的事非常抱歉，孽子闯下大祸，必须由区律师亲自处理，你的事我没有忘，我会让区律师给你介绍好的律师，官司一定要赢。”

胜男点头，与此同时，周世舫抱过这个大眼睛的男孩子，用下巴蹭着延延的小脸。

手术依然没有结束。

第十二章　你的痛楚，我的温暖

梁绍禹被推进急救室的第一小时零一分之时，周老爷子的鼻尖开始簌簌冒汗。

周老爷子从他笔挺的黑西装里抖出白得一尘不染的手帕，不动声色地擦了一把，鼻尖上的汗像是迅速重生了似的，瞬间又黏上了周老爷子的鼻子。

周老爷子便顾不得擦汗，从凳子上站起，冲着压根看不到的急救室内张望着，看一眼自己的手表，强压着自己的怒火，不作声，一分钟之后，却还是忍不住拨出一个号码："方医生，半小时之内，请到XX医院。"说完之后，便在过道上走来走去，崭新的皮鞋声一阵比一阵刺耳，刺得胜男耳朵发涩。

胜男搂着延延，盯着那扇生命之门，眼珠干滞得紧。

"妈妈，别怕。"延延拍着胜男的后背，小大人似的安慰着。

胜男便将延延的小脑袋靠在自己的肩膀上，延延先是顺从地搂着胜男，之后，亦是盯一阵来回走动的周老爷子，再瞅瞅那扇大门，大眼睛闪烁着，小嘴也噘着："妈妈，梁叔叔会不会有事？"

胜男摸着他的脑袋，听到"有事"的时候，手指猛地一颤。

时间像墙上的挂表，一秒一秒地警醒着等待手术结束的人，秒秒走针，一针针扎着期待者的心脏，扎得胜男的心生疼。

“他那么年轻，不会有事的。”家琪拍拍胜男的肩膀，咬咬唇。

胜男读书的时候学医，自然知道高血压的威力。若是脑出血，重则性命难保，轻的话短时间内话说不清楚，人也有半身不遂的危险。胜男想着想着，脸色像刚滴了消毒水的粉帕子，迅速褪色成白。

延延见胜男脸色惨白，眼巴巴地望着胜男：“妈妈，延延是个好孩子，不会没有爸爸的。”

胜男用自己微凉的手捏捏延延粉嫩的小脸，勉强一笑。

周老爷子似乎比胜男还惊慌。已不见他昔日的风度翩翩，他不停地来回走着，时不时拨一个电话给私人医生，时不时看一眼手表，正来回走着，却见自己的二儿子周绍勋一脸夸张的悲悯，哭丧着脸急匆匆而来。

“爸爸，我哥怎么样了！”周绍勋抓着周老爷子的西装衣袖，一双不大的眼睛泪汪汪的。

周老爷子微微一笑，胳膊一甩，迅速甩掉周二世祖白日里刚行过凶的双手：“还在急救中，不过，不如你愿，死不了。”

周绍勋嘴角一抖，眉眼间依旧满是夸张的哀痛：“爸，瞧您说的，他是我哥啊！”

周老爷子双目一瞪，用手指点着二儿子的胸口，悄声说：“给我滚回家好好待着！再闹出什么乱子来，信不信我打断你的腿！”

周绍勋无奈地说：“我明明是来看我哥……”

“闭嘴。”周老爷子眼睛之后的眼睛犀利聚光。

正在这时候，急救室的门开了，胜男抱着延延冲上前去，周老爷子早已揪着医生的袖子不放手：“医生，我儿子怎么样？”

医生是个四十多岁的男人，一脸的悲悯与无情结合式的冷静："病人血压过高导致脑出血，抢救之后暂时脱离危险，不过真正脱离危险，差不多还要两周的时间。"

周绍勋满脸掩饰不住的惋惜。

"两周！那么久！脑出血？"周老爷子整张脸绷紧着，他的父亲便因这病身亡，此时，他的心几乎要从口腔里跳出来了。

"就是俗话说的中风。"医生解释道，"最近病人会出现行动语言障碍，等他醒来后的一个月之后，可以让他进行康复练习，你们不必担心。"

医生摘下口罩和白帽，宽慰着病人家属，转身时，只见他的后背湿了大片。

"行动语言障碍？会好吗？"周老爷子有些激动地晃着医生的身子："能搬动病人吗？我要送他去美国，我要转院！"

医生有些习惯却又无奈地望着周老爷子："这都是很正常的事情，而且病人暂时不宜搬动。"

周老爷子太阳穴处的青筋凸起："什么时候可以？"

"要等情况稳定下来。"医生说。

"医生，那病人的行动障碍，是指……瘫痪吧？"周绍勋努力掩饰着自己内心的狂喜。

医生点头："会导致半身瘫痪，不过他还年轻，日后经过康复训练，会重新站起来的。"

"妈妈，什么是瘫痪？"延延好奇地问。

周老爷子不语，胜男垂下眼睑，一脸尴尬。

"就是不能走路了。"周绍勋轻描淡写地回答。

周老爷子狠狠瞪了他一眼："暂时的。不会太久。"

"我们照顾他，让他好起来。叔叔会好的！"延延说。

几个人正说着，梁绍禹被推了出来，双目紧闭，身上被五花大绑着，呼吸罩下的脸雪白。

“儿子！”周老爷子扶着病床，喃喃轻唤着，声音沙哑。

“大哥！大哥你能听到吗？”周绍勋说。

“叔叔你醒醒呀！延延来看你啦！”延延和胜男亦是跟了上去，家琪从裤袋里掏出一包香烟，点上，一个人慢悠悠地走出长廊，走出医院的大门，等公交车。

众人护送着梁绍禹送入 ICU 病房，站在门口，周绍勋唉声叹气：“唉，都这样了，也不知道什么时候能恢复。”

周老爷子面无表情，开始数数：“1，2，3。”

周绍勋微微一笑：“爸爸，我先回去了。”

周老爷子思忖了一番，握住胜男的手：“有胜男留守的话，我就放心了，一会儿胜男你带着孩子跟我走，送你回去拿日用品，一会儿再送你回来照顾他。”

胜男便点了点头，抱着延延跟着周老爷子，想不到，那周老爷子居然带他们来到一架在夜灯中依然闪烁着红光的直升机面前。

“红色的飞机，妈妈。”延延盯着那架直升机，满脸的好奇。

“这个……”胜男抱紧延延，有些结巴地道，“周先生，我们自己可以回去……”

周老爷子笑着拍拍胜男的后背：“都是一家人，你客气什么。”

胜男依旧站在那架直升机面前，踯躅不前。

周老爷子微笑：“不用怕，上来吧，可以坐四个人，我们才三人。”

胜男想起梁绍禹身上五花大绑的管子，一咬牙，登了机，周老爷子叼着烟斗亲自驾驶飞机升起的时候，胜男一阵头晕。

“不经常坐飞机，升降时头晕是正常的。”周老爷子吐出一个烟圈。

延延好奇地盯着越来越小的医院楼，越来越小的人和车，对胜男说：“妈妈，人变成蚂蚁了。”

周老爷子摸摸延延的小脑袋：“你们母子的感情真好。”

胜男不知这话是赞赏还是另有他意，只得淡淡地敷衍着，回到家中，让文文哄着延延睡了，自己打车回到医院，换了消毒的衣服，带了消毒帽出现在 ICU 病房，面对满眼的监护仪、中心监护仪、多功能呼吸治疗机、麻醉机、心电图机、除颤仪、起搏器、输液泵、微量注射器、脑电图机、血尿常规分析仪、血液生化分析仪等，她的眼珠子都被这些机器拔得冷冰冰的。

梁绍禹双目紧闭，氧气罩下的唇没有一丝血色，整个人连着一堆仪器，心脏仪滴滴地发着声响。

胜男伸出手，想去抓他那细腻冰凉的大手，他的手腕却狠狠地插入一只针头，想摸摸那张英俊的脸，那张脸却大半掩盖在呼吸罩中，她的手停在空中，抽不回也放不下。

为了方便病人呼吸，梁绍禹的病床床头被上抬了 15 度，她与他的脸便没有那么远，她听得到他微弱的呼吸声，像游丝，像蛛线，胜男一阵心疼，看了一下时间，刚要扶着他的肩膀翻身，手上湿漉漉的，抽手，却是满手滚烫腥鲜的艳红。

“糟了！消化道出血！”

胜男惊叫着，刚将昏迷中的梁绍禹仔细扶着躺下，却见他半张脸都是艳红的，汩汩鲜血一汪一汪地从他口中流下，消毒帽染成了枣红色。

一阵人仰马翻的处理之后，梁绍禹的消化道出血总算止住了。

胜男怕他呛着，暂时给他摘了氧气罩，让他微微侧卧着，呼吸孱弱得几乎看不到他胸前的起伏。

胜男端正了一下他的冰帽，冰帽微凉的温度却拔得她手指刺痛得凉，顺着血管，一直凉到心尖上。

端详着梁绍禹一夜消瘦下来的面庞，胜男说什么也不信眼前这个一天前还玉树临风般冲自己微笑的人会如此虚弱。

不知道不觉，便是一夜。不知不觉，便是两夜。量血压，喂水，安插氧气罩，擦身，拍背，四肢按摩……胜男就这样守在他身边。

周老爷子显然不愿意护工碰他儿子的身躯，派车接送她早晚回家给儿子们做饭时，就亲自守候着，盯着昏迷中的儿子的神情，一瞬间时而像葛朗台老头子看到金子时那样熠熠矍铄，时而像慈父般悲悯宽仁。

晚上，胜男会抱着延延回来，延延乖乖地瞪着大眼睛，见周老爷子正用棉棒润湿着沉睡的梁绍禹稍显痛苦的嘴唇，周老爷子的手微微颤抖着，延延悄声喊：“周爷爷！”

周老爷子勉强一笑，鬓角的头发稍显银色。

“乖孩子。”周老爷子放下棉棒，抚摸着延延的小脑袋，看了一眼胜男，“区律师那边我已经安排好了，明天我没事，我来陪梁绍禹，让司机送你去。”

胜男轻轻按着延延的小脑袋，鞠了一个九十度的躬：“谢谢周先生。”

周老爷子笑得越发慈祥了：“自己人，不用那么客气，叫我周伯父就好。对了，我从美国订的变形金刚的模型送到了吗？”

胜男有些不好意思地笑着：“还没有。延延那么小，玩这种东西太浪费了，周先生还是送给别人吧。”

周老爷子摇摇手指：“不贵，才几万块。”

“我们不要。”胜男不假思索地拒绝着。

周老爷子微笑的眼和唇线条微微硬下来：“当我是外人？”

胜男只得让延延再次感谢，周老爷子起身离开医院，上车之后，便给区律师打了个电话："喂，区律师，对，是我，犬子的官司劳您费心了，钱不是问题，对，卓小姐的官司嘛……"

周老爷子卖了个关子。

"对，不愧是全国十大名状之首，呵呵，先谢谢了。"

挂掉电话之后，周老爷子又给自己的秘书打了个电话："喂，莉莎，买一条今冬新款的手链，你看好的就成，买两条。"

周老爷子正一边琢磨着，胜男那边却是尽心尽力了。八点之后，哄睡了延延，胜男便得给梁绍禹擦身体了。

只有在这个时候，胜男才感觉得到他和自己亡夫的不一样——终究，梁绍禹不是患绝症，身材总是比自己亡夫的肌肉丰泽些，尤其是他的腹部，看似懒散不堪的这人，居然有好几块腹肌，也不知他是做什么运动锻炼出来的。

胜男用温水细细为他擦拭着，安详而稍显痛苦的脸，胜男又是一阵脸红。

一个童稚而早熟的声音嬉笑着："妈妈要给梁叔叔洗澡了。"

胜男慌乱地小声道："睡你的觉。"便轻轻按下延延，合上那双毛茸茸的大眼睛，轻轻拍打几下，延延的呼吸迅速均匀起来，胜男便继续手上的工作。一咬牙，抄起毛巾，轻轻擦洗着，忽然感觉到一阵迷蒙的目光。

胜男出了一身冷汗。

微微抬头，只见梁绍禹虚弱地瞪着自己。

胜男忽然想起，他暂时说不了话，捏着毛巾，握在手里也不是，放下也不是。梁绍禹就这样用那双深邃优雅的眼睛望着胜男，一言不发，漆黑的眸子如辰星一般。

胜男先是将毛巾藏在身后，紧接着，怯怯地问："你醒了？"

梁绍禹唇角稍稍一动。

他……究竟在想什么？她知道这个男人有多骄傲。他可以为父亲犯下的逆天大错放弃豪门家世，甚至隐瞒了自己的身份；他可以白手创业，到今天这个成就；他多才多艺，从绘画到音乐，这个男人，真是了不起。眼前，他说不了话，动弹不得，该是很伤自尊吧？

胜男勉强一笑，轻轻安慰道："你别担心啊，这都是暂时的。你会好起来的。"

梁绍禹满眼的迷蒙。胜男这才想起，他是近视眼。

梁绍禹凝望着胜男。胜男先是对望，紧接着垂下眼睑。再抬起头来的时候，梁绍禹居然闭上眼睛睡着了！胜男松了一口气。

第二日的上午，胜男坐了周老爷子派来的专车，先是回家给孩子们做饭，之后，再乘专车去区律师的事务所。

进去之后，胜男方才发现，原来，这个事务所并不大，差不多可以容纳五十个人的样子，不像当年少游的公司，一排排格子间像是蜜蜂窝。

胜男一边琢磨着，原来业务量和人数规模未必成正比。

区律师的房间，居然是透明的玻璃，里面的人看得到外面，外面的人亦然，显得亲和力十足。

胜男透过玻璃的外观看到区律师正笑容可掬地讲着电话，站在门口，不晓得是否方便进入，区律师早已看到胜男，几句话结束了电话，笑得一脸谦逊地开门，胜男抱着包欠身进门。

坐在区律师对面时，抬头，一排排书罗列在书架上。

胜男望着一排排书，再看一眼区律师朴实无华更无名贵摆设的玻璃桌，心中踏实了些。

区律师翻开档案，直截了当地说："卓小姐，案情上次您已经说过了，因为这几天彼此都太忙，耽误了这件事，案子不是百分百能赢，也不是百分百能输，咱们现在分析一下。”

胜男急忙颔首：“麻烦区律师了。”

区律师收起笑脸，稍微严肃了些：“首先，原告方起诉你说，你男朋友欠高利贷，而且遭高利贷追杀，目前的情况是，陈家琪不是你男朋友，绍禹先生已经帮陈家琪还了钱，这一方面的问题就不存在了。其次，说你出现经济危机，一个有两套房子的女人，经济危机何来？第三，养母有男朋友了，就代表照顾不好孩子吗？这似乎没有什么根据，而且，我看绍禹先生似乎和小延延相处得还不错。第四，也是十分重要的一点，亲生母亲如果照顾得好孩子，同在一个城市，孩子已经出生四年了，她看望过孩子几次？这证明，她显然不是个好母亲。”

胜男一听，心下顿时轻松了些许，窗外是初冬的天，这一天，难得天空是淡蓝色的。

“那么，我们再来分析不利因素……”区律师继续说。

从律师事务所出来的时候，周老爷子派的司机依旧在附近的停车处等候着，胜男刚要上车，手机却十分及时地阻止了她的行动，看一眼屏幕，号码很陌生。

胜男犹豫了一下，接起来，果然是张颖。

“胜男，我就在附近，前面有家咖啡屋，咱们坐下聊聊吧。”张颖的声音里满是不安与愧疚。

胜男冷笑：“不必了，法庭上见吧。”

张颖叹息一声：“看在我是延延亲妈的分上，咱们就不能坐下好好谈谈吗？”

胜男深呼吸一口：“你想说什么？”

张颖苦笑：“呵呵。你刚毕业就嫁给了有钱人，我努力了那么多年，都不如你，你说，我怎么可能不羡慕你？我这辈子已经这样了，我只有那么一个儿子了。”胜男从那苍凉的口气中听得到浓浓的寂寞。

“你对我说这些有什么用？你那么漂亮，喜欢你的人应该很多才是。”胜男一咬牙，嘴硬道。

“呵呵，胜男，你年轻，你才二十八岁，我已经三十八了，花一样的青春年华早已过去，我老了，爸妈也都不在了。当一个女人老得没有爱情、没有婚姻、没有家庭的时候，她就想有个自己最疼的人，那就是孩子啊。”

张颖说话的声音略带沙哑，与五年前判若两人。

胜男想起延延的小时候：延延身体虚弱，纤细，无论吃多少也不长肉，更不长个头，没有什么力气，两岁的时候才学会走路，延延第一次不用胜男的手搀着走路的时候，胜男激动地哗哗落泪，延延学说话倒是很早，小时候很喜欢用粉嫩的小手牵着胜男粗糙的大手喊妈妈，延延喜欢吃她从来没什么兴趣的虾，以至于自己见到虾就想买，延延喜欢自己开心，为了自己高兴……

想着想着，胜男眼圈通红：“张颖，孩子是我养到四岁的，我比你更爱他。”

张颖似乎在电话那头也哽咽了：“胜男，我知道，我全都知道，可是，你还年轻，你不是还有一个长得特别像少游的男朋友吗？我真是很妒忌你，为什么世界上不多的好男人都爱你？我妒忌得几乎都要疯狂了，胜男，就当我求求你，我给你钱，你要多少都行，你把延延还给我好不好？你还年轻，你还能生育啊，而且，你还有文文……”

胜男匆匆挂掉电话，眼泪簌簌落下。

周老爷子的司机早已打开车门，胜男一上车，司机便送上一包面巾纸，胜男回到家之后，将这几天孩子们穿下的衣服和床单扔进洗衣机，洗着洗着，忽然想起那个躺在医院里的男人。

周老爷子说她该休息了，今天让她在家休息，他照应着，可是，别人照料得好吗？

带着这些疑问，胜男将晚餐做好，盖在碗中，自己胡乱吃了几口米饭，躺在床上，却难以入睡。越想越清醒，她干脆赶回医院，站在病房门口时，只见周老爷子正小心翼翼地为梁绍禹拍背。

胜男方才知道，自己来得多余了。

脚下却像粘了树胶，怎么也抬不动步子，直到周老爷子帮梁绍禹拍完背，转身冲自己微笑。

周老爷子款看走出ICU，变戏法似的变出一个银白色的珠宝盒："今冬新款，替我的儿子送给你。"

胜男一把推回去："周先生，我不懂首饰，我不要。"

周老爷子反而微笑着拍拍胜男的肩膀："好孩子，未来公公送给你点东西，你难道不给老头子点薄面吗？"

"可是，太贵重了。"胜男依旧不敢接受。

周老爷子微微一笑："你的意思莫非是在你们订婚的时候？订婚是要戒指的，还要开个晚会，我周世舫的儿媳妇，要所有人都知道。"

胜男垂下头喃喃道："周先生，我进去看一下他怎么样了。"

周老爷子手持珠宝盒子，一扬眉，继续微笑。

时间一如往常那般运转，晚饭时候，周老爷子照例派司机来接胜男回家，吃完饭，延延跟着来了，不同的是，文文今天也跟了来，看了几眼梁绍禹，被司机送回家，延延继续跟着胜男守在病房内。

照例先给他梳头、洗脸，擦洗他修长的脖颈、锁骨，从他的锁骨上看，几天下来，他果真消瘦了。当然，消瘦的不只是锁骨，他的肋骨越来越分明，他的腰亦细了些许，因为吃不下东西只得用胃管，他的小腹平坦得凹了下去。

胜男硬着头皮，用毛巾轻轻擦拭着他的每一寸肌肤，不知什么时候，他竟然再度睁开了眼睛。

第十三章　有舞者的风景

胜男迅速抽回手来，心狂跳着，血液奔涌。

梁绍禹眨一下眼睛，长而浓密的睫毛扬起。梁绍禹再眨一下眼睛，双眼似乎出现了焦距，深邃的眸子在迷蒙中透露出几分浪漫风情。

那是梁绍禹独有的眼神，优雅中带几分凄迷，热烈中带几分温存。

只见梁绍禹微微皱一下修长入鬓的眉，轻轻抽动了一下僵硬的嘴角。似乎意识到自己无法开口说话，梁绍禹眼神稍微黯淡了些，似乎又试图动了下四肢，四肢亦是像被山压住了一般，无奈之下，他开始凝望着胜男。

胜男忍不住问他："你听得到我说话吗？"

正在这时候，ICU病房外人影一闪，胜男下意识地回头一看，却见是周老爷子来了。隔着消毒服，胜男亦能闻见掩饰不住的香水味道。

周老爷子语重心长地叹息一声："乖孩子，辛苦你了。"说着，接过毛巾。见胜男怔怔地站在原地，周老爷子笑说："白天说让你回去休息，你不肯，又守了一天，晚上回去休息一下，睡个好觉吧。"

"周先生，没关系的。"胜男说。

“忘记了吗？让你喊我什么？”周老爷子扬眉冲胜男点头。

“周……周伯父。”胜男十分别扭地叫道。

“这就对了嘛，回去休息一下吧，别等绍禹醒来说我这个未来公公不疼儿媳妇。”周老爷子笑得一脸慈祥。

“那好，周先生。”胜男说着，看了一眼梁绍禹，方才意识到，他此时依旧没有恢复意识。

胜男知道周老爷子是想在梁绍禹醒来时给他一个慈父的感官形象，不便驳他，只得抱着延延回了家，刚回家，便接到凌查理的电话。

“陈家琪呢？”

一如既往的直截了当。

胜男有些奇怪：“他不在我这边，他没开手机吗？”

凌查理说：“没有。”

胜男便去找家琪的公司电话：“要不，你打这个？”

凌查理记录下之后，简捷地说：“好。顺便告诉你，家琪的合伙人找到了。”

胜男一阵惊喜，抓紧听筒：“找到了，在哪里？”

凌查理冷哼一声：“都快到边境了，刚逮回来。”

胜男有些心疼：“所以，你刚从边境那边回来吗？辛苦了。那家琪的钱呢？”

凌查理说：“只追回四十万。”

胜男松了一口气：“那也不少啊。”

凌查理冷冷地道：“你告诉他，记得让他扣除二十万还我，挂了。”

胜男轻轻一乐：“好的，拜拜。”

说完之后，胜男便给家琪的座机打电话，无人接听。

胜男干脆打梁绍禹的办公室电话，响了许久之后，只听一个甜美的女声："喂，您好，这里是绍禹视觉。"

"您好，麻烦找一下您的同事陈家琪好吗，我有急事……"胜男还没说完，就听见那个女孩子的声音："家琪，找你的！"

"找我的？"家琪有点意外。

"喂？"家琪的声音渐近。

"家琪，是我。"胜男说。

"金刚妹，你怎么了？延延发烧了还是……"家琪一听是胜男，着急地问。

"不是，带走你的钱的人被凌查理追回来了！"胜男本以为家琪会很惊喜，却听家琪着急地说："追回多少钱来？"

胜男对家琪的表现有些奇怪："四十万，怎么了？"

"让查理扣二十万，我还给查理，剩下的他要有空赶紧给我打到账户里吧。"家琪说。

胜男忍不住问："干吗，你急等用钱吗？"

家琪刚要开口，却又止住了："算了，你个女人，和你说你也不知道，你就好好带孩子，没事多照顾一下那个四眼就成。"

胜男越发好奇："到底怎么了？好像发生大事了，这也可能影响延延的官司呢，我想我必须知道！"

家琪犹豫了几秒钟："哦。这个……"

胜男着急了："你说呀。"

家琪咽一口唾沫说："一看你这个无知的女人就没看报纸。媒体不知道为什么大肆报道梁绍禹重病昏迷，他集团的股票大跌，周世舫和另一家公司正在疯狂购进他的股票，想绝对控股。我想他帮了我一次，我也买点股票，尽点自己的责任吧。"

胜男听得脑袋乱哄哄的："周世舫为什么要大量购进他儿子的股票？是为了帮梁绍禹吗？"

家琪冷笑："我看未必，那是个出了名的老狐狸。我也是刚知道他是梁绍禹的爹的。周世舫的另一个儿子周绍勋是出了名的败家子，梁绍禹那么有本事，他做梦都想让这个儿子回家帮他，我看他分明是自私。"

胜男听得耳朵发寒。

"原来是这样。"胜男喃喃道。

"还不止呢。这几天媒体报道梁绍禹的病情，却没有一家媒体猜测梁绍禹和周世舫的关系，我看这次股票价格大跌，还说不准是怎么回事，金刚妹，你小心着点那个老狐狸！"家琪说着说着，自己也激动起来。

胜男被这事实惊得说不出话来。电视小说不是没有见过类似的故事，可是，怎么会发生在这个身体不好的人身上呢。

"那梁绍禹怎么办？"胜男抓住听筒的手微抖。

"让他好好养病就是了，对了，他醒了吗？"家琪很淡定地说。

"短暂醒过一阵子，意识还不清醒，又睡了。"胜男如实回答着。

家琪说："好，这些事千万别告诉他。"

胜男使劲点头："那我知道了。可是，你说周老爷子会不会害死梁绍禹啊，今天是他陪护的。"

家琪大骂："我说你笨啊，他还指望着他儿子好起来之后帮他呢！"

胜男稍微宽心了些。放下电话，轻轻拧了一下文文的卧室门，反锁好门，便抛下一句："给我早点休息。"之后，洗了个热水澡，刚要搂着延延入眠，文文便敲门而入，胜男怕吵着延延，便和文文去了客厅。

"喂，妈，延延的变形金刚不错啊！"文文拽着胜男的胳膊，一脸的兴奋。

“哦。”胜男没好气地说，一面打量着文文，文文刚剪掉长发，留起一头短发，倒也时尚帅气。

“那妈妈能不能让周老爷子给我买把好的吉他啊！”文文的眼睛泛着绿光。

胜男说：“你想买什么牌子的？后天周六了。我带你买去。”

文文一脸的失望：“那我不要了。”说完，就转身离开，胜男急忙提醒：“早休息。”

文文头也不回地敷衍着：“知道了！”

剩下胜男，忽然意识到，自己如今距离豪门竟然近在咫尺。然而，她没有一点喜悦。

胜男想远离这个物质极大丰富却处处玄机的一家人，却又舍不得病床上的那个人，她想从此不理那个对亲生儿子都动心思的老头子，却忽然想起，延延的抚养权还在这些人的掌控中。全国十大律师之首，总不会错吧……

胜男胡思乱想着，再上网搜索了一下吉他的价格，不知不觉，竟倚着沙发蜷缩着睡着了，醒来时，却见自己已回到床上，延延的小脑袋拱在自己的怀中，小手还握着自己的粗糙大手。

几天没有深眠，这一觉，胜男睡得酣畅。

自己不是在沙发上吗？是怎么进来的？该是文文干的吧，胜男欣喜地笑着，那孩子虽然都快有自己高了，可毕竟还是个孩子，真难为他把自己拖进来的。

抬头看一眼挂钟，刚好六点半。爬起来，洗把脸，给宝贝们做饭。

做豆浆，煮鸡蛋，炖汤，冰箱里还有花蛤，切一个西红柿，保证营养，今早是全麦面包，还有草莓果酱。

送走了孩子们，自己洗脸梳头，刚将那头长发梳齐整了，门铃响了，胜男知道，这是周老爷子又派来司机了。可是，今天的路线显然和以前不同，胜男忍不住问司机：“司机大哥，请问，这是去医院吗？”

司机回答着：“哦，卓小姐，周先生觉得那个医院条件太差，现在小周先生情况稍微好了点，周先生给他转院了。”

胜男点头。

鉴于自己也不喜欢那家医院，梁绍禹转院胜男是惊喜的，只不过他已经醒了，真的能接受老爷子的安排吗？他的意识会逐渐清晰，他面对这样的自己，该是什么样的场景？

“对了，绍禹醒过来了吗？”胜男战战兢兢地问，一面猜测着，心下忍不住抽紧起来。

司机却没有回答她。

走进梁绍禹的新病房，踩在厚得听不到脚步声的铁灰色地毯上时，胜男终于知道为什么周老爷子要急着给爱子换环境。

这间 VIP 病房，要不看病床周围的一堆医疗仪器和飞下来的管子，怎么看都像是总统套房：放病床的此间屋子大约有 120 平方米，胜男甚至一眼便瞟见造型古怪的咖啡机和屏风上的法国名画，厨房、接待室更是一眼不尽其华。

可是，胜男无心多看这间无所不有的病房，眼神黏在病床上，只见周老爷子竟耐心地给沉睡的人白花花地涂了一脸冰激凌似的泡沫，手指微抖着手持剃刀，一面轻轻下刀，满眼的专注。

“胜男，来了啊。”周老爷子呵呵微笑。

胜男颔首点头：“周先生早。”

周老爷子扭过头去看着自己的宝贝儿子，挥了一下手指头：“又忘记了。”

胜男不知道该说什么，迎合着一笑。

“昨晚睡得好吗？”周老爷子低下头，开始仔细为儿子刮胡子，从鬓角开始。

“挺好的。”胜男回答着，一面产生了疑惑：如果他真是这样的慈父，那梁绍禹为什么连自己的姓都改了呢？

“那就好。用刀刮得干净，我可不想我儿子看着邋遢。”周老爷子一处处刮得仔细。

“周先生，我来。”胜男凑上前去，周老爷子却像怕被人夺走他儿子似的急忙将剃须刀藏起来：“我来我来，好不容易有机会亲近他一下。”

胜男点头，待周老爷子走了之后，便轻柔地将梁绍禹的胳膊搭在自己的肩膀上，帮这个高大的男人翻身，翻身过后，保持功能位——让他的脚与小腿保持90度，脚尖正向上，再放下他的腿，细细按摩。

刚按摩了一阵，看一眼梁绍禹，只见他眉心微收，正用一双月光般的眸子望着自己。这是孤独的沧海映照下的月光，不动声色地用自己的温度温暖着苍凉的海，与凉的海风轻轻交织，与深蓝的天遥远相伴。

相对于昨晚略带浪漫的眼神，今日的眼神多了几分凄楚，多了几分动容，多了几分胜男从未在他眼中见过的欣喜与忘情。

胜男以为自己看错了，揉揉眼睛，对着自己目光的依旧是那凄楚与热烈的眼，这眼，似乎穿越回了五年前，仿佛少游哥的那双含情目再生了似的，温柔、缱绻。

胜男忘乎所以地抓着梁绍禹的手：“你醒了！”

梁绍禹牵动一下嘴角，眉心轻蹙，疲惫地眨一下眼，算是回答。

“太好了！”胜男双手握紧梁绍禹柔软虚弱的大手。

“那么开心？”梁绍禹在心里说。

“我……我叫医生。”胜男按一下床头的按钮，不到一分钟的时间，涌入三个医生模样的人，围在一起，像是观察新品种的动物似的，在梁绍禹周围一顿围观揣摩，只差拿食物投喂。

其中一个医生更是当场向周老爷子邀功，脸上堆了一脸菊花似的笑褶子说：“周先生，您的大公子醒了，他已经完全脱离危险期了！”

梁绍禹恹恹地闭上眼睛，任这帮四五十岁的所谓专家极尽献丑，倒是有一个看上去清瘦硬朗的医生打断了他们：“够了，在病人面前，你们吵不吵？”

梁绍禹和胜男相视一笑。

待这帮喋喋不休的医生走后，胜男坐回梁绍禹的床头，见梁绍禹微微侧过脸去，眼神里尽是黯然，便帮梁绍禹掖好被角，语气尽量地缓和温柔：“别难过，你那么年轻，很快会好起来的！我们都会帮你！”

梁绍禹抬眼，眼际泛起一汪笑。

正在这时候，门呼啦一声开了，进来一个年纪差不多二十五六岁的男人，咄咄逼人地大步走到梁绍禹的床前。

“哟，亲爱的大哥，你醒了？”这人语调里满是阴阳怪气，胜男认得，这便是周家二少爷。

梁绍禹直视着来人，扬起自信满满的眉。

“哟，不能说话啊？哎呀呀，真是可惜了一个风流倜傥的大帅哥，以后可只能用眼和女人调情了！”周绍勋似笑非笑地将梁绍禹从头到脚打量着：“哎呀，这是怎么了？见你的亲弟弟来了，也不起来欢迎一下，莫非是……瘫了？”

最后两个字，周绍勋的语气加重了几分，如爆炸弹，像砸石头，轰隆一声，结结实实地砸在梁绍禹的心上。

胜男猛地站起身，挥起胳膊挡在床前："喂，你语文没学好吗？那是暂时性的行动障碍。床上的是你的大哥！"

周绍勋一听大哥，似乎浑身一机灵，小鸡啄米似的点头："对，我大哥。"

周绍勋看不到梁绍禹的表情，只得打量着床尾的那包茶色的液体，一脸嫌弃地皱皱鼻子："哎呀，大哥，怎么用这个啊？真的废了吗？"

"啪！"

胜男气得给了周绍勋一个嘴巴。

周绍勋摸一把嘴角："他就是为讨好你而去求他死都不认的亲爸吗？你也没有多漂亮啊，"周绍勋拍拍脑袋："不过，或许他早就想回这个家却没有机会，拿你当挡箭牌呢，哈哈哈！"

胜男心里咯噔一下。

"出去！"胜男拎起这位二公子的胳膊就往外拖。

"喂，力气不小啊，我喜欢，我哥哥现在瘫了，你跟我怎么样？"周二少笑问。

"住口！"胜男使出全力，周二少亦稍微掌控着力道。

"大哥，别以为爸真的疼你？他不过是想找个优秀的继承人，我才是他最疼的儿子！我告诉你，爸故意让你公司的股票价格大跌，你的广告公司和公关公司马上就要被彻底吞掉了！你辛苦十年的事业马上就毁了！"

"给我出去！"

胜男一脚将周绍勋踢出病房门，关上门，只见梁绍禹痛苦地双目紧闭，胸前一起一伏。连在他胸前的仪器已发出滴滴滴的警报。

胜男急忙按一下床头的按钮，直到一帮医生护士涌进来，她站在原地，身子慢慢地向着沙发滑下去。

待医生们再度离去，梁绍禹整个人再度昏睡过去，然后，她抱着那只正狠狠插入针管的冰凉的手，捧在手心里努力温暖着，却怎么也暖不热。

胜男先是用手心，再用自己的唇，努力地暖着梁绍禹的手，连自己的手机响了都没有听到。直到第三次响过之后，一条短信震撼了她的灵魂，是家琪发来的，家琪说：如果那个四眼醒了，千万不要让他看新闻，周老爷子已经成为绍禹广告的头号股东的事不能让他知道。

可是，他的确已经知道了。

胜男无力地趴在梁绍禹的身上，一种剜骨去肉的痛侵袭着她。

我何德何能，让他牺牲至此。

她默默端详着他的睡颜，不知过了多久，她沉睡过去，在梦中，她见到少游了。

胜男梦见，她的少游哥含笑着冲梁绍禹打招呼。少游和绍禹交谈着，最后一句，她听得一清二楚：“胜男交给你了。”然后，梁少游带着满目的不舍，化身烟尘。

恍惚中，她感觉有一只手微微触摸着她微湿的黑发。胜男抬眼，正是梁绍禹的手。

胜男抓起那他的手。手指像是在冰雪中冻僵了似的，直不起也弯不下，他似乎是想将自己揽在怀中。

胜男一头扑进这个怀中。隔着被子，隔着一条条的电线，胜男听得到梁绍禹有些孱弱的心跳。

门外却滴一声响，门自动开了，进来一个高大而风度翩翩的老头子，老头子笑得一脸慈祥。

“周……周先生。”胜男想起白天周二世祖的话，看周老爷子时有些怯怯的。

“怎么了胜男，突然很怕我的样子？”周老爷子笑得一脸慈祥。

胜男偷偷斜一眼梁绍禹，见他已闭上眼睛，便说：“没有啊……他刚睡着了……”

周老爷子点了点头，瞄了病床上沉寂安详的梁绍禹一眼，放低了声音：“嗯，睡了好，好好养精神，告诉你个好消息，今天周伯父打了个胜仗。”

“什么胜仗啊？”胜男故意饶有兴趣地问。

周老爷子语重心长地叹了一口气：“唉，我的儿子也真有本事，把广告和公关生意做得风生水起，这不，他突然病了，股价飕飕地下跌，就有不少人虎视眈眈，想趁这时候抢了去，还好我老头子还喘气着，我儿子的东西能让别人抢走？”

胜男心道，这才是真的道貌岸然。

周老爷子揉揉胜男的头发：“放心，当爹的哪能害孩子呢。等绍禹醒来之后，能握住笔了的时候，我就和他签一份无偿馈赠的转让，将我公司的百分之四十的股票全部馈赠给他。年轻人喜欢做自己的事，就让他们去做好了。”周老爷子一脸慈爱地望着梁绍禹。

梁绍禹却一直闭目养神，像真的睡着了一般。

周老爷子拖过一把凳子，坐在病床前，握住梁绍禹的一只手，见这只手正打着点滴，却又仔仔细细地给他掖回被子里。

正在这时候，周老爷子的手机响了，周老爷子看了一眼号码，眉飞色舞。果然是那个女明星。

将手机的耳机嵌入耳朵，周老爷子胜券在握地笑说：“好的，知道了，一会儿见。”挂掉电话之后，不服老的周老爷子又是轻浅一笑：“胜男，都四点多了，让司机送你回家去吧，这里让护士照应着，我吃完饭就回来了。”

胜男摇头：“我在这里好了。”

周老爷子摆手：“就当给一个父亲疼爱儿子的机会，好吗？”

胜男只得点头，周老爷子刚走，梁绍禹便睁开了眼睛。

胜男望着那双不舍的眸子，便问：“你是不想让你爸留下来，是吗？”

梁绍禹点头。

胜男帮他调了一下点滴的速度，“那我陪你，怎么样？”

两人正说着，胜男忽然闻到一股奇怪的味道。这味道有点让她脸红，有点让她心虚，胜男红着脸，迅速跑过去将门关上，然后进了洗手间。

不到一分钟，梁绍禹便见胜男手里握着一个水盆走出来，盆上搭着一条干净白洁的毛巾。

胜男自然听不到他无声的抗议，将水盆轻轻搁置在病床边，一把将屏风拖过来，然后一咬牙，便去掀梁绍禹的被子。

梁绍禹起初以为胜男要帮他盖严一些，却见胜男将被子从他的身上轻轻拉下。

等等！你要干什么？梁绍禹一双本是柔和闪烁着的眸子慌乱起来。

梁绍禹使劲动了一下脖子，发现被子已被胜男拖到他的膝盖以下，然后，胜男的双手落在了他的腰间。

梁绍禹的心怦怦地跳了起来。

可是，红着脸的胜男并没有住手。梁绍禹亲眼看着自己衰弱的身体暴露于他最重要的女人面前。

梁绍禹睁大眼睛，抗议着。

梁绍禹动动嘴角，抗议着。

胜男没有抬头，用盆上搭着的白毛巾浸水，然后，湿漉漉的毛巾便触及他的皮肤。

梁绍禹虽暂时没有感觉，却听得到皮肤与毛巾摩擦时的声音，梁绍禹虽不能动，视线所及之处，却看得到最不堪一击的场景。

梁绍禹在心中大声抗议着，胸前一起一伏，他的肩膀哆嗦着，腿也微微颤抖着。他的身体让不少女人迷恋过，他觉得，这简直是一种报应。

梁绍禹睁开眼，勉强使出自己的全部力气，艰难地从口中挤出两个字："住……手。"

他的语速很慢，不再滑糯。

胜男没有听懂，抬起头，手中的工作却没有停止。

"你说什么？"胜男问。

梁绍禹面无表情，天花板上镂刻的花灯白晃晃地刺痛着他的双目，一丝丝灯光好似一片片利器扎在他的眼上。

清洁完毕之后，胜男轻轻帮他套上裤子，盖好被子，再看梁绍禹，此刻，他依旧望着天花板，双目失神。

胜男似乎也猜透他的心思，垂着头不语，周老爷子的司机已在敲门，胜男微笑着对梁绍禹说："我回去给孩子们做饭，一会儿再回来看你。"

门关上之时，梁绍禹疲惫地闭上双眼，心里像有千只蚂蚁在密密麻麻地钻着心窍。

另一边，胜男回到家，做好一桌子菜，待文文接了延延回家，吃完饭后，带着两个孩子兴高采烈地去看望梁绍禹，走到门口，按门铃，严严实实的门许久才被打开，出来一个年轻清秀的小护士，递上一张大纸，只见纸上歪歪扭扭地写着几个字："我未好转前，勿来。"

胜男看了一眼延延，再看了一眼文文，犹豫了一下，抱起延延，掉头就走，下电梯的时候，文文跟上去，好奇地问："妈，为什么梁叔叔不见我们了？"

延延依旧跟屁虫似的问："为什么？"

胜男戳了一记文文的脑壳："笨蛋，他以前耍帅习惯了，现在身体不能动，又不能说话，他怕你们笑话他。"

延延摇头："可是，梁爸爸也不想生病呀？"

胜男一听，心狂跳起来，放下延延，刮了一记延延的小鼻子，掐腰恐吓着："坏蛋，谁让你改口的，是叔叔！满世界都是你爸爸了？那你妈妈成什么人了？"

延延一双水汪汪的大眼睛忽闪着："你都见过你的新公公了！"

文文捂着嘴偷乐。胜男轻轻举起金刚拳："我数一二三，谁教的？"

文文像猫逮耗子似的扛起延延就跑："真相只有一个！梁延笙是个天才！"

胜男追着追着，追出大门，迎面和一个男人撞个满怀，抬头一看，却是满眼红血丝的家琪。

"你不在那里照顾他了？"家琪打量着胜男的脸，"还好，没有黑眼圈。"

"没，他不肯见我，你们是来看他的？"胜男看一眼家琪和他身边的女孩子，她记得，那个女孩子是梁绍禹的助理。

"来看他。而且，他病了那么多天，很多事还没处理。"家琪说。

胜男打断道："可以再过几天吗？先让他好好养病，他现在话都不能说，反正，现在大股东已经不是他了。你们把他累得病情加重，他更无法康复。"

家琪和女孩子对望一下，不约而同地点头，胜男松了一口气，此时，延延和文文早已在车门前等她，胜男大步走上前，抱拥住两个孩子："回家！"，说完，却又忍不住回望一眼梁绍禹的病房，病房的灯依旧亮着。

此时，梁绍禹努力练习着发声。他觉得脑子晕得厉害，差点连英文和法文的发音都忘记了，读出的字母，在他口中怪异得像是兽语，可是，他努力练习着，每发一声，他身上都会多一层汗，他手中亦是颤颤悠悠握着握力器，下次看到那个女人，千万不能让他看扁了。

"周先生，休息一下吧。"小护士轻轻用自己的手帕为这个英俊的男人拭去汗珠。

"不。"努力发声，拒绝她。

"可是，你现在不能累着，明天再练，好吗？"小护士再给他抹一把汗。

"明天，明天周六，她肯定会带着孩子们来。"梁绍禹心里想。

这一晚，他不知道什么时候睡着的，醒来的时候，冬日的阳光丝绒一般挂在他脸上，阳光下，还有三张笑脸：胜男，文文，延延。

胜男笑说："你不让我照顾你，我们来看看你，给你打气总好吧？"

延延举起小拳头："梁爸爸加油！"

胜男哭笑不得地瞪一眼洋娃娃一样漂亮的儿子，骂也不是，吓也不是，梁绍禹勾起唇角一笑，点头。

胜男从自己的包里拿出一堆碟："你的床对面是电视墙，我记得你喜欢法国，所以我给你带来许多法国片，也许很多你已经看过了，我们不在的时候，你就解闷吧。"

梁绍禹心中一暖，吃力地抬起左胳膊，未遂。正在这时候，胜男的手机响了，原来，是和自己的儿子命运攸关的区律师打来的。

第十四章　难得有你，唯君不在

胜男挂掉电话之后，迅速奔回到病房，只见呈30度角卧着的梁绍禹正艰难地用修长却有些使不上力道的左手攥着水彩笔，哆哆嗦嗦地挥动着，胜男走过去，只见偌大的白纸上面歪歪扭扭地写着："开庭前勿来。"

胜男一眼对上梁绍禹的眸子，只见他那双深邃的眸子里深沉坚定，便问："为什么？"

梁绍禹动动唇角，发现自己醒里之后脑子坏得厉害，那个字怎么写?

案情，把柄。

梁绍禹想着想着，便急出一头汗丝。

"不利。"

梁绍禹吃力地写到。

胜男打量着梁绍禹，只见他面色白得像透明的玉，一动不能动地躺在病床上，握住笔的手像是被冰块冰冻过一般僵硬，心下不由紧成一团。

"我没事，你们走吧。"梁绍禹歪歪扭扭地写道，写完之后，英挺的鼻梁尽是透亮的汗珠。

胜男帮他擦一把汗，再看一眼正在用白白的小拳头给梁绍禹捶腿的延延，一把将他抱在怀里，他的小毛衣软绵绵的，头发有婴儿洗发液的味道。延延偎在胜男的怀中，轻轻用小手掌拍着胜男的后背："妈妈，你怎么了，有人欺负你吗？延延和哥哥去教训他，还有梁爸爸！"

"没事，我们回去吧。"胜男将怀里的宝贝拥得更紧了些。

"延延不想走。"延延扭过头，眼巴巴地望着梁绍禹，黑葡萄似的大眼睛全是不舍。

"听话，梁叔叔现在需要休息，我们不能打扰他。"胜男看一眼正在摆弄CD碟的文文，脚下却像是被粘住了似的，"文文，咱们回去吧。"

脚下的地毯软软地裹着胜男的鞋，毛茸茸的毛毡犹如吸盘一样吸紧了胜男的鞋。

梁绍禹却冲着胜男坚定点头。

胜男一咬牙，扭头不再看那人："好好养病。"说完，便抱着延延走出病房，刚走出病房，梁绍禹便加紧练习起来，努力将手中的握力器握紧，一面吃力地发音：ABCDEFG，胜男，延延……

胜男忽然觉得，这场官司是要赢的。胜男本以为，这场官司是要赢的。

回到家，胜男先将延延的小衣服用洗衣液泡上，再将一堆自己和文文的衣服扔进洗衣机，之后，从文文床底下搜出几双臭袜子和延延的小袜子放一起泡上，然后，开始抱新一本厚厚的《民法》和一本《婚姻继承法》，继续琢磨。胜男不是爱书之人，几天下来，《民法通则》部分已被她看得厚出两倍，《婚姻继承法》的相关部分，也被她翻成柿饼。

听区律师的解释，她既是孩子父亲的妻子，便自然是孩子的法定监护人，可是，孩子的亲妈尚在……

"妈妈！吃！"延延抱着一个奶酪小碗，舀起一勺奶酪送到胜男嘴里，胜男往后仰一下头，小心地用牙咬了一丁点，将延延搂在怀里，继续看法条。

“妈！周家二少爷杀人的事在网上闹翻天了！大家都一起谴责他，要他偿命！‘周绍勋’三个字都生成词条了！”文文一边上网，一面在卧室里惊叫道，“他们周家这次可麻烦大了！各界人士都谴责这个败家子！周家的股票现在比梁叔叔的股票跌得都厉害！”

胜男心下一沉：如果区律师处理周绍勋的案子去了，他真的有时间帮自己打官司吗？

可是，第二天，区律师和他的徒弟约她一起讨论案子，第三天的时候，却只有他的徒弟——一个只有三年律师经验的新律师在场。新律师一张年轻光润的脸洋溢着青春，微张的嘴角洋溢着学生才有的生涩。

三天内，梁绍禹都是用短信和胜男联系的。

早上一条短信：“起床了，在电话的另一边，有人一起同你吃蒂凡尼的早餐。”

中午，梁绍禹的短信不期而至：“乖乖吃午餐，为打胜仗保持充足的体力，以及皮肤润泽的美貌。”

胜男正与区律师继续交谈，怔了一下，将手机又放入皮包中。

晚上，胜男哄延延入睡时候，梁绍禹的短信息又发了过来：“早点休息，别忘记带延延运动一会儿。晚安。”

胜男回复道：“晚安，安心养身体。”

这是第一天的短信，第二天的短信，梁绍禹似乎精神好了许多，来自浪漫国度的法式语言席卷而来。

早上的第一短信：“清晨醒来，伴着护士身上的薰衣草香我睁开眼睛，这香气，让我想起普罗旺斯的薰衣草园，以及阿尔卑斯山在远处带着松香的气息高耸入天，我身体尚未恢复，写不出更好的文字，便愿自己康复之后，携你和孩子前往。”

胜男抚摸着手机屏幕，思考良久，终于回复道：“身体好些了吗？”

十几分钟之后，接到了梁绍禹的回复：“胃管已摘除。”

胜男情不自禁地微笑，发出一条：“别累坏了，我要去律师事务所了，勿回。”

中午，梁绍禹不知是脑子坏掉了，还是真正恢复了浪子本色，竟发短信道：“午后的阳光如天鹅绒般拂面，不知是否如你的丝袜。”

胜男的手指痒痒的，耳朵也痒痒的。

晚上，梁绍禹的情怀再度泛滥：“我抬眼望见法国洛兰的名画《有舞者的风景》，宝蓝色的皓空下，一男一女在舞。”

胜男心下奏起一股细细音乐，蓝色的河水如在她心中欢畅流淌，她笑着回复道：“画里还斜倚着橘色的瘫痪掉的毛毡，不能跳舞。”

十分钟后，梁绍禹回复道：“他只是暂时累了，休息一会儿。等他站起来时，会撑起一个家。”

胜男盯着屏幕，凝望了许久。

第三天，梁绍禹早上的短信又恢复简捷：“明早我陪你上法庭。”

正在煎鸡蛋的胜男急忙回复道：“医生不是说两周内不准下床吗。你明天来的话，一辈子不准见我，给我好好休息！”

梁绍禹回复道：“言下之意，你会一辈子都要见我？”

胜男不知如何回复，油溅撒出平底锅，化作活泼的一滴，滚烫着喷在她的手上。

待到中午，胜男没有收到梁绍禹的短信，晚上亦没有收到，直到睡前，才收到梁绍禹的短信：“延延是我们的，任何人都抢不走。”

可是，当胜男等到的不是区律师，却是那个年轻的杨律师时，胜男的脑袋嗡地振一下。

“别紧张，小杨再怎么说也是区律师的徒弟，咱们能赢。”家琪抱着延延，用力按住胜男的肩膀。

“妈妈，我们来做什么？”延延好奇地问。

“来看马戏团演出。”家琪没好气地瞎掰着。

开庭时，胜男看到张颖一副慈母的眼神，几乎不着痕迹的贤淑妆容，及朴素的浅蓝色开襟毛衣。胜男一眼迎上女法官的目光，五十岁出头的女法官目光如鹰隼般犀利。

胜男当下心凉了半截。

与此同时，梁绍禹正在阿火的带领下练习唱歌。他喜欢爵士乐歌，阿火喜欢少数民族歌。阿火一遍遍弹着吉他，动情歌唱，梁绍禹吃力起发着音，且心里七上八下。

法庭那边，张颖声泪俱下：“法官大人，我是女人，当初自己怀着孩子，面对种种妊娠反应：抑郁，呕吐，腿脚肿，脸上起色斑，为了孩子而变得臃肿得像面包的身体，这对任何女人来说，全部都是巨大的压力，在这个时候，心爱的男人却与别的女人结婚了。我承认，怀上这个孩子时，我用了不正当的手段，可是，我真的爱这个男人。我一个人挺着大肚子去医院检查，他们两个人却相互扶持抱拥着看夕阳；我蹲不下身体的时候，他们恩爱着同床共枕，孕妇的神经是脆弱的，而且我孤苦伶仃，又没有充足的经济来源，所以，我当时想毁掉那个孩子，难道有错吗！”

胜男吃惊地望着张颖。

“她说我这四年来没有看过孩子一次，我的宝贝给她之后，第一次住院，是XX年X月X日，第一次走路，是XX年X月

X 日，第一次会说话，是 XX 年 X 月 X 日，我无时无刻不在暗地里关注着我的孩子。可是，我从来不敢现身，甚至，我在离孩子走路的草地只有两米的地方偷偷看着他蹒跚走路，在暗地里看着他背着小书包上幼儿园，直到卓胜男身边的男人越来越多，先是陈家琪，再是那个长得很像孩子的爸的男人，卓胜男小姐年轻，她无数次留这两个男人过夜，这两个男人的车一次次停在她的门前，停在她家的车库，她的生活这样没有定数，哪有时间照顾孩子？”

胜男只觉得天崩地裂，脑中嗡的一声。

“卓胜男小姐，我的当事人说你经常留男子过夜，属实吗？”对方律师狡黠的眼迸射着绿光。

“月亮悄悄悄悄地爬上了树梢，我的阿扎牛为何还不走过来……”阿火摇头晃脑地抱着吉他，闭目沉沉吟唱，梁绍禹却没有附和，盯着床头的一份早报，眉头微锁。

“喂，哑巴，我是来帮你练习发音的，不是来看你满脸心事的，怎么了？”阿火停止了吟唱，见梁绍禹望着手机，便将手机放入梁的手中：“又想给胜男发短信了？”

梁绍禹深邃的眸子像幽幽夜火，照亮着人世最难照亮的东西，异样闪烁着。

“该不会是想打电话给你家老爷子吧？”阿火放下吉他，盯着梁绍禹的眼睛，吃力地猜测着。

梁绍禹也不回答，深吸一口气，用依旧有些僵硬的手指将那个再熟悉不过的手机号码调出，拨通了，周老爷子迅速接起来：“喂，儿子，你好些了吗？”说完，眼角微微一笑，正站在周老爷子面前的周绍勋狠狠捏了捏拳头。

“胜男的案子，怎……么……样？”梁绍禹吃力地说，汗水已细细密密地沁在那张英俊的脸上。

周老爷子用钢铁般强硬的手指狠戳着桌子："封锁再多家报纸的消息也管不住网上的疯传，这次周家的脸被你弟弟丢尽了！区律师必须全力支持你爸打这场仗，不然，周家的声誉这次算是被你弟弟毁于一旦！"

"爸，我不是故意的！当时那个男的要杀我，我是自卫杀人啊！"

"你给我闭嘴！别以为我不知道，你想挑拨我和你大哥的关系，所以杀了人，想让区律师没空管绍禹女朋友的事，是吗？你哥哥的股票下跌也是你搞的鬼！你别当我老糊涂了！"

梁绍禹冷哼一声："我只想听，帮，还是不帮？"

周老爷子端起一杯罗曼尼康帝红酒，狠狠地一饮而尽，努力微笑："儿子，接手这个案子的是区律师的得力助手，你不必担心，即便输了，咱们还可以上诉，先让爸爸渡过这个难关。"

梁绍禹迅速挂掉电话，想起这个让人灰心的家，他无言以对。吃力地将铺在自己腿上的纸币抓起，用力地写道："扶我去法院。"

阿火摸摸梁绍禹的额头："你现在坐都坐不起来，你打算怎么去？"

梁绍禹满眼的坚定突然就闪过一丝无奈。

如他所料，法庭那边，的确正在向不利于胜男的方向发展。

原告方律师正用狼一样的目光盯着她："卓胜男小姐，我再问一遍，我的当事人说你经常留男子过夜，属实吗？"

胜男的腿开始哆嗦："没有！"

"尊敬的法官，我认为这是我的当事人的私事，原告方律师无权过问。"年轻的律师说。

"尊敬的法官，的确是私事，可是，这关系着孩子的身心健康，以及孩子的成长环境，我认为被告方的确需要作个交代。"

原告律师咄咄逼人。

法官望了一眼张颖红肿的眼，略一思索，道：“请原告方律师继续发问。”

“卓小姐，请回答，是真的没有吗？你们楼下经常会有不同的车？”原告方律师继续盘问着。

“我……因为陈家琪前一阵子没有地方住，住了几天，可是，我们是无辜的！他一直把我死去的丈夫当叔叔看，我们真的没有什么！”胜男意识到原告律师的圈套，奋力辩解着。

原告律师微微一笑，逼视着胜男：“那请你告诉我，为什么陈家琪先生会有几天没有地方住？你是在向法官隐藏了什么事实吗？”

“你！”胜男知道自己已结结实实地落入对方律师的圈套，气得浑身哆嗦。

“不准欺负我妈妈！”

延延从家琪的腿上跳起来，细白的小指头指着原告律师，一双黑曜石般的大眼睛怒瞪着。

原告律师浅笑：“不回答？我来替你作答。因为，陈家琪先生欠下150多万的巨额高利贷，所以他的房子被收走了。是这样吗？XX年XX月XX日，高利贷甚至去你家追杀陈家琪先生，这种环境，怎么有利于孩子的成长！”

胜男气得跺脚辩解道：“可是，他已经不欠高利贷了，也不在我家住了！”

原告方律师十分好奇：“哦？对，我记得了，因为你的新男朋友帮忙还了贷，是吧？据我们从雅典圣苑小区了解，你的新男朋友于XX年XX月XX日、XX年XX月XX日、XX年XX月XX日、XX年XX月XX日等时间频频出入你们家，卓小姐，你的男朋友换得够频繁的。上一周，你一周的时间都在照顾你的新男朋友梁绍禹先生，梁先生的父亲酒店大亨也曾用他的座驾亲自送你们母子回家，上周的大多数时间，你是带着梁延笙小朋友在医院度过的，你是这样照顾小孩子的吗？”

胜男再也忍不住，怒指着原告律师大骂：“你放屁！”

原告方律师与张颖不动声色地相视一笑，继续说：“请注意控制你的情绪，那么易怒，怎么能照顾好一个四岁的孩子？”说完之后，冲法官礼貌颔首：“尊敬的法官，我问完了。”

话说完时，胜男的眼泪已簌簌落下，她知道，即便是梁绍禹如此牺牲，她的官司也差不多宣告失败了，跌坐在凳子上，胜男满眼的水帘子挡住了眼。

年轻的辩方律师咽一口唾沫，走到张颖面前：“张颖小姐，据我所知，卓胜男小姐这四年来带着孩子十分艰难，孩子身体虚弱，前三年几乎每周都要去一次医院，卓胜男小姐为了梁延笙小朋友的医药费，不但把丈夫的宝马 X6 变卖了，还要日夜写稿子赚钱来支付孩子的医药费。四年来，她几乎没有买一件新衣服，你看卓胜男小姐背的包，不错，是 Gucci，是五年前的款式，她丈夫送给她的新婚礼物，她没有一件像样的化妆品，她没有你的名牌衣服和名车，我想问你，张颖小姐，孩子最需要你的时候，你哪里去了？卓胜男小姐抱着孩子在大风中等待出租车的时候，你的车哪里去了！”

张颖惊讶地望着被告律师：眸子明亮而锐利，且一脸的英气。这个场景，她和律师曾无数次设想过，这个答案，她亦无数次研磨过，可对方的煽情，超乎她的想象。

“呵呵呵。”张颖含泪苦笑，凄婉美丽的脸看得法官一阵揪心。

“卓小姐不是有贵公子的名车接送吗，陈家琪先生有吉普车，梁绍禹先生有豪车，我看到的已经有三辆了，卓小姐带孩子辛苦，还有人经常资助，我需要管理一个公司，忙得脚打后脑勺，又有谁来帮过我？”张颖哭得泪眼婆娑。

“张小姐，请你不要偷换概念博取同情，我的问题是，当梁延笙小朋友的养母省吃俭用，辛苦过活，一切花销都放在你亲生的孩子身上时，你在哪里？他每次生病时，你都在谈生意吗？”

年轻的律师高而挺直的鼻梁一扬，掷力审问道。

张颖用那双美丽的杏眼眼巴巴地望一眼法官，泪珠在她的眼睑上微微闪烁，因为是民事案子，又提前要求了不公开审理，她又怯怯地望一眼听众席少数的几个相关人等，垂下她弧度美好的尖下颌：“我……我……”

年轻的杨律师唇角自信地勾起：“张小姐，请如实回答我的问题。”

张颖的眼泪又簌簌落下：“上次延延生病，还是两周前，你知道我为什么没有出现吗？我曾无数次经过孩子和他的养母所在的小区，刚看到卓胜男抱着孩子，却见她坐上了那个名叫梁绍禹的男人的车，我刚要跟着进医院，我的孩子却是被那个名叫陈家琪的男人抱着！”

胜男的双肩抖得越来越厉害。

“张小姐，你想表达的意思是，我的当事人追求者众多吗？首先，我想说，古来就有名言“窈窕淑女，君子好逑”一说，卓小姐正当年华，有追求者难道也有错？谁能剥夺单身妈妈选择自己新感情的权利？更何况，梁先生经济条件优越，更是京城广告行业赫赫有名的精英人士，这对孩子成长是十分有利的，让孩子有个完整家庭，无论怎么看，都是为了孩子的幸福着想！至于陈家琪先生，他一直都是对卓小姐的亡夫梁少游以叔叔相称，陈家琪照顾一下自己只有四岁、体弱多病的弟弟，难道还有罪吗？”杨律师笑道。

杨律师继续道：“大多数人在公交和地铁上见到陌生的少妇抱着孩子都会让座，现在是一个可怜的寡妇抱着一个正在发高烧生病的小孩子，就算别人帮她送孩子去医院，这有错吗？”

年轻的律师面冲五十多岁的法官认真地点头示意。

“不是的！我亲眼看到卓胜男和陈家琪在医院的走廊上……接吻。可是，第二天她就跟着梁绍禹去了私人会所！可是，那天晚上，陈家琪还在她家过夜！”张颖一副义正词严的样子。

“你撒谎！我根本没和家琪接过吻！”胜男气得大声抗议着。

家琪一愣，下意识地摸摸自己略厚的下嘴唇。

杨律师心中一紧，白洁的衬衣领子迅速渗上一圈汗液。

“张小姐，我想问，你有证据吗？”杨律师一脸严肃地直视着张颖，“如果没有证据，我可以告你诽谤我的当事人。”

张颖狠狠地咬着唇，看一眼自己的律师，律师从自己的档案袋里取出四张放大过的 7 寸照片，双手递给法官。

法官一愣，只见第一张清晰的照片便是陈家琪给胜男抹泪。第二张则是家琪从背后环抱住胜男，第三张是胜男整个人偎依在家琪的怀中。看到第四张照片时，法官忍不住鼻子微皱，十分不屑地抬起眼瞪了胜男一眼，照片上，家琪吻着胜男的唇，双目微闭，一脸的陶醉状。

法官皱皱眉，示意律师取走，控方律师将照片取下，递到年轻的辩方律师手中，年轻的律师挨张看过之后，脸上的表情迅速僵硬起来。

“尊敬的法官，我还有一个问题想问原告方，不知道可以吗？”年轻的律师努力让自己的语调保持平稳。

法官耐着性子点头。

“据我所知，梁延笙小朋友之所以身体如此瘦弱，看上去只有两三岁的孩子那么大，除了他父亲的身体差之外，还有一个更重要的原因，他只有七个月大就出生了！”

年轻的律师清一下嗓子，继续道：“为什么呢？当年，卓胜男小姐毅然嫁给刚查出身患肝癌晚期的梁少游先生，梁的病情加剧，只剩下几个月的生命，本不知情的张颖女士在得知卓小姐的丈夫梁少游身患不治之症之后，便放弃了逼梁少游娶她的念头，并想打掉这个她拿来做砝码的孩子，这便是孩子的亲生母亲。”说完，他冷冷一笑。

“为了让梁家保存唯一的骨血，我的当事人卓小姐不惜和张颖女士签订合同，以丈夫给她的全部财产来换这个脆弱的小生命，尊敬的法官，您所看到的在听众席上的小孩子，是卓小姐用丈夫的全部财产向她的亲妈换来的！而孩子的早产，正是在两人争执的过程中，张颖女士为吓唬卓小姐摔了一跤后动了胎气，导致孩子早产，有你这样的母亲吗？”

年轻的律师问完之后，眼睛紧紧审视着张颖，心怦怦狂跳着。他不知道为什么会出现那一组照片，这足以毁掉法官对他当事人所有的好印象，更不知道那些照片的由来。

张颖哽咽着：“就是因为当年我错了，所以才要补救！卓胜男给我的钱，我可以全部还给她！我只要我的孩子！血浓于水，因为我是延延的亲妈！”

年轻的律师显然是被刚才的照片打击了，有些无力地笑笑：“法官，我的问题问完了。”

原告律师却一派胸有成竹地微笑，征得法官同意之后，拿着那四张照片走到胜男面前：“卓胜男小姐，我想问，这四张照片属实吗？”

胜男夺过照片，看了一眼，顿时呆坐在椅子上。

那日的情景历历在目，家琪将她拖至病房门外，拥抱她，她挣扎，仅此而已。可是，这些照片的角度，却让她的辩解如此无力："不是这样的！我没有答应他！"透明的泪顺着她挺秀的鼻梁迅速滑下。

"不是你们说的那样……"胜男手里揣着那四张照片，不停地摇头，却只说得出这一句，她的喉咙像是被封住了，她的大脑此刻也混沌了，再也组织不清一句话。

此时，躺在医院的那人亦是不得安宁。

"阿火，是朋友就帮帮我，胜男需要支持。我必须去。"梁绍禹在纸上艰难地写道。写了好几张字，他的左手已再也握不住笔，写完最后一个字时，笔掉在地上。

阿火捡起来，看一眼纸上的字，笑说："是什么朋友？男朋友？"

梁绍禹坚定的眸子如钢铁："我要去。"

阿火摇头："你身体刚度过危险期，万一再次脑出血，你就完蛋了，你知不知道？"

梁绍禹狠狠地看一眼自己无法动弹的身躯，然后将双目紧紧闭上。

护士推车而入，一分钟之后，一瓶挂水连入梁绍禹的血管，凉飕飕、冰丝丝的。

梁绍禹睁开眼睛，吃力地说："护士小姐，我要出去。"

小护士以为自己听错了，打量着梁绍禹那张平静的脸："你说什么？"

第十五章　有生之年，狭路相逢

“妈……呜……”

胜男望一眼听众席，只见延延被家琪锁在怀里，一双大眼睛忽闪忽闪地望着胜男，他的小嘴巴被家琪捂住了，手使劲挠着，看他的眼神，似是在说：“你们为什么要欺负我妈妈！”

“延延乖！”胜男忍不住叫道。

说完之后，胜男鼻子一酸，直直地盯着原告方律师，一字一顿地道：“你们不就是想证明我是个行为不检点的女人吗？我告诉你，我长那么大只和男人亲热过一次，那就是我新婚的那天！”

女法官的眸子忽明忽暗地望着她。

“之后，我的丈夫身体越来越差，我连想给他生个宝宝都没有机会，我丈夫是一个非常好的男人，风度翩翩，英俊潇洒，举止优雅，语言像口吐莲花一般，还孝顺父母，他那么好的男人，上天居然没有给他留一个后代，这是多么不公平的事！我只想把他唯一的骨血养大，四年来，我一直用自己所有的精力赚钱养活他，我没有用别人一分钱！家琪是很想帮我，但我们绝对是清白的，话我不会说第二次，至于梁绍禹，我想我们都是认真的！梁绍禹喜欢延延，我想我们会给他一个完整欢乐的成长环境，如果这都有错，谁告诉我怎么才是正确的？”

胜男说完之后，怒视着原告方律师。

年轻的杨律师那张略带紧张的脸总算舒缓了些，起身，面冲法官微笑：“对方律师和法官大人，两位经历了诸多案件，你们真的认为这几张断断续续并充满恶意的相片能还原当时的场景吗？今天合理的司法体制告诉我们，单纯的照片不能作为依据，即便可以，也要有其他证据相支持，除此以外，录像、录音、邮件等其他传媒皆符合此条。这几张相片，无法告诉我们事情的起因，无法告诉我们事情的经过与结果，有的只是陈家琪先生与被告相拥，而这又能证明什么呢？再说原告，偷拍别人的照片，作为一个女人，作为一个母亲，以她的行径，能教出什么样的好孩子？”

“被告律师，我的当事人只是太想要回她的亲生骨肉，所以就忽略了手段，更何况，她并没有将照片外传，更没有用来赚取钱财，只是为了要回自一个体弱多病的孩子！”原告律师不慌不忙地说。

延延被家琪抱着，打量着这帮莫名其妙的大人，糊里糊涂的。为什么他们都说那个女人是我妈妈？我有妈妈呀。他想给梁绍禹打电话，那个长得很像他亲爸爸的男人一定会保护他和他妈妈，可是他生病了。他想打电话给文文，可是，哥哥的功课不能耽误。

延延被带到了一个木头筐子里，一个五十多岁的人严肃地问他：“梁延笙小朋友，这边是你的生母，也就是你的亲妈妈张颖。”五十多岁的男人指着一个最近总来看自己的女人说，女人冲他微笑。

“这边是你的养母卓胜男，也就是养育你到四岁的不是你亲生母亲的妈妈，现在，让你跟着你其中一个妈妈生活到你18岁，你会选择和谁一起生活？”

延延毫不犹豫地用小手指指着胜男："我要和妈妈！还有哥哥和梁爸爸！"

延延看见胜男冲自己笑着笑着便落下泪来，然后，就听那个五十多岁的大伯照着一张纸念，念的东西他听不懂，可是，他看到妈妈的表情十分痛苦，那个总给自己甜腻腻零食的女人的脸却很欢喜。

延延看到那个自己并不熟悉的女人过来抱自己。

家琪一把挡下："把你的脏手拿开！"

张颖一脸的惊骇："我抱我自己的孩子啊。"

家琪的拳头捏得啪啪响："你要不是女人，我真的要揍你！"

张颖无辜地说："可是，法院不是判我支付孩子这几年的抚养费了吗？"

胜男怔怔地望着原告方律师和法官心领神会的目光交汇，冷笑，拍拍杨律师的肩膀，"依旧要谢谢你。"说完之后，牵了一下家琪的胳膊，一把抱起延延："给我三天，我只要三天，我和延延做最后的告别。"

"妈妈，什么是告别？"延延好奇地问。

"就是离开胜男妈妈，今后跟你的亲妈妈啊。"张颖解释道。

延延拨浪鼓似的摇头。

张颖思考片刻之后，一口答应："那就三天，其实，法官不是说了吗，你平时也可以……"

胜男未等张颖说完，便抱着延延扭头就走，家琪便要陪胜男等出租车，胜男一脸的平静："家琪，你回去上班，我没事。"

家琪犹豫了一下，招来出租车，然后向胜男挥手告别。

一路上，延延带着水果味道的小头发拱在胜男怀里，胜男紧拥着他，一刻也不放手，回家之后已是中午，文文意外地出现在家中的厨房，餐厅琳琅满目，各色的碗碟中，文文自己拌的水果蔬菜沙拉、火腿摆了一桌子，蛤蜊、对虾，还有一碗西红柿蛋汤，热气腾腾的，文文抱歉地揉揉头发：“对不起啊，美女，只会做一道菜，其他的你就凑合着吃吧。”

胜男心下一热。

客厅的电话响了，文文抓起一只鸡腿边啃着边冲出厨房，片刻之后，在客厅大叫：“妈，电话！”

胜男摇头：“说我不在。”

“是梁叔叔！他好像知道官司的事了。他说要想法办上诉，妈，你快过来啊！”文文一把撂下电话，把胜男从厨房里拽出来，听筒里，她听到今生所听过的最艰难的发声：“对不起，还是……没有帮到你。”

一语既出，胜男泪如山洪。

梁绍禹默默听着胜男抽泣，良久后，终于开口：“开手机，别着急。”

可是，胜男不想开手机，中午吃完饭，她便带两个孩子去欢乐谷一直玩到天黑，第二天，带着延延去科技馆和军事博物馆游玩一天，晚上一边给延延讲故事一边洗衣服，待到延延熟睡之后，烘干延延香喷喷的小衣服，一件件仔细叠好，放进橱柜里，拖出来，再放进橱柜里，然后搂着那瘦小的身躯，望着墙上自己和梁少游的照片，一望就是一夜。

清晨时，胜男一遍遍教延延打电话：“你记住，这是妈妈的号码，这是哥哥是号码，你记住……”胜男一遍遍教着，延延倒也聪明，几遍之后，便记得半生不熟。

延延好奇地打断道：“妈妈，哥哥，你们为什么要我记那么多？”

两人正说着，一阵刺耳的门铃声打断了他们的对话。

文文继续用豆浆泡油条，胜男继续给延延剥茶叶蛋皮，直到那阵刺耳的铃声一遍遍响起，让谁都吃不下一口东西，胜男一咬唇，起身，衣袖却被文文牵住了：“不能开门！”

胜男低望一眼文文，站在原地，站成了一尊石像。

“你不后悔吗？”

胜男点头。

“你真的不后悔吗？”

胜男继续点头，任对方的语气里满是质疑。

“那么长的头发，换任何发型都是适合的，做个卷发，染成栗色，一定又性感又漂亮。”

胜男坚定地说：“剪掉它。”

发型设计师摇头，抄起剪刀一剪下去，胜男的头发便被剪至肩头。

那一年，延延只有七个月大，没有母乳，醒了饿得直哭，胜男就抱着他在房间里转来转去，一面腾出一只手冲奶粉喂她，可怜的小宝贝吃饱了喝足了，在胜男和文文的逗弄下，没精打采地微笑，发现他高烧的时候，延延已经开始翻白眼，抱着在门外等车的时候，已经是晚上十点。车来车往，就是不见出租车。那时候，家琪尚在美国，那时候，胜男和上一个男朋友尚在热恋中，雪花簌簌落在胜男身上，扑啦啦落在马路上，化作一汪又一汪泥水，过往急行的车激起的泥水洒在胜男的身上。

那一年，延延不到一岁半，小家伙已经学会走路，却因为身体不好，长得特别瘦小，跑在小区盛夏的青草地上，眼睛和小嘴笑得弯弯的，像个幼小的精灵，可是，他挪着小步子跑着跑着，便看见了一个长得略有一点像梁少游的男人，撒开小腿就冲着那男人跑去，胜男急忙在后头护着，胜男护得太紧，一不小心失衡，摔倒在地上，膝盖磕出一块瘀青，延延停止了脚步，用胡萝卜似的小手轻轻揉胜男的膝盖，咧开小嘴，哇的一声哭了……

那一年，延延不到三岁，送他去幼儿园，小家伙乖乖地坐在小朋友中间，不哭也不闹，晚上来接他的时候，他一把扑进胜男的怀里，捏着胜男粗糙的大手："妈妈，延延好想你啊！"

"不准欺负我妈妈！"

直到法庭上，这个只有四岁的孩子还勇敢地从家琪的腿上跳起来，细白的小指头指着原告律师，一双黑曜石般的大眼睛怒瞪着对方。

第无数次想起三天前的那个早上，那个可恶的女人领着一个法院的执法人员进入家门，抱起延延往门外走的时候，延延大哭："我不走！我要妈妈！我要哥哥！"

张颖笑说："宝贝儿，咱们回家啊。"

延延哭着用小拳头挥打着张颖的肩膀，两条小腿拼命地踢蹬着："这里就是我的家！"

再次睁开眼睛，一个陌生的女人在镜中。胜男抚摸着自己又硬又黑的短发，苦笑。五年前，为了那个爱自己长发的男人蓄发，五年后，连他唯一的骨血都保不住了。

胜男拖着沉重的步子，顶着一头雪花回家，一进门，一个到自己大腿的瘦小身影扑上来，胜男一愣，只听小东西哇哇哭着："妈……"

"延延！"

胜男以为是幻觉，摸着延延那顺滑的小头发，感觉却是那样的真实，急忙把孩子搂在怀里，洗发水的味道已然不同。

“延延，过来吃苹果。”

只见文文正坐在沙发上，一面狠咬一口苹果，一面仔细地将另一个苹果削皮切块，电视上正放着动画片。

“文文，延延是你偷回来的？”胜男鼻子一酸。

文文狠狠地说：“当然。都是那个老巫婆，让保姆在家看着延延，让他看外国电影，说她的孩子一定要从小接受欧美的经典！接受欧美经典，给他看外国动漫啊，那些东西的背影是灰黑色的，暗沉得要死，是大孩子和大人看的，那是小孩子看的东西吗？延延被吓坏了，我就把保姆骗出去买东西，把他偷回来了。”

胜男抱着延延放在沙发上，只见延延哭得小脸通红，忍不住一面抹着延延的眼泪一面问：“新妈妈对你怎么样？”

延延摇头，一面抽泣着：“延延不想总吃巧克力和蛋糕，不想吃牛排，延延想吃西红柿蛋汤，想吃乌鱼和虾汤，想喝豆浆和牛奶。”

胜男继续给延延擦泪，眼圈一热，拼命挤出一个笑容：“乖，妈妈给你做虾汤，妈妈这就去给你买大个的虾。”

文文正看着，忽然觉得不对劲：“喂，妈，你的头发怎么全剪了？”

胜男也不回答，穿上鞋便要带着延延去超市，刚一开门，却见张颖微笑着进来：“宝贝，怎么又走了，跟我回家啊。”

胜男一把将延延护在身后：“出去！”

张颖却冷笑一声：“我说，法院不是判定孩子归我抚养了吗？你们这样偷孩子，可是犯法的！”

胜男深吸一口气，面无表情道：“孩子的父亲是青岛人，他喜欢吃海鲜，你为什么只让他吃蛋糕和垃圾食品？那不能当正餐！吃那么多甜食，对孩子身体不好！”

张颖一脸无辜："你们俗不俗啊！人家外国人都是这样吃的！"

"你才俗！吃那么多甜食，他受得了么！"文文向前指责道。

"孩子是我的！我爱怎么教就怎么教！"张颖便要去抢孩子，文文一把拦住张颖，却被张颖的一个成年男子的司机牵住，文文挥拳便揍。

高挑的胜男护住延延，张颖一时间奈何不得，气得便要从身后夺延延，一时间，偌大的客厅鸡飞狗跳。

"张颖，哪有这样抢孩子的，孩子现在不想回去！"胜男将延延藏在身后，一个碎步一个碎步地后退。

"这里不是他的家！把孩子还给我！"张颖步步向前。

"滚开！"胜男低吼着，望着张颖那张虽是美貌却咄咄逼人的脸，只觉得天要塌下来了。

"这里是他亲生父亲的居所，怎么不是他的家？"滑糯温厚的声音轻轻滑过她的耳膜，虽是略带吃力，却像一阵清风，虽尚带艰难，却像丝绸般滑过她的心间。循声望去，只见一个英俊得出奇的男人被用轮椅推着走来。

梁绍禹？！推他来的阿火冲胜男眨了一下眼。

"这是我们的家事，与外人没有关系！"张颖愤怒地说。

"我是孩子的继父，怎么没有关系？张颖小姐，你现在是剥夺孩子养母的探视权吗？"梁绍禹浅笑。

"你！"张颖一语噎住。

"孩子明天早上送回去，好吗？"梁绍禹说道。

张颖并不甘心："为什么！"

"履行一周一次的探视。"梁绍禹慵懒地打了个哈欠，虽是半边身子动弹不得，慵懒地倚在轮椅上，却依旧从容优雅。

“我的身体日渐恢复，请不要惹恼我。”梁绍禹的笑脸迅速收起，张颖打了个寒战，一招手便带着司机灰溜溜地离开，门被关上的一瞬间，延延从胜男的背后窜出来，一头扎进梁绍禹的怀中，哇哇大哭着：“梁爸爸，救我！”

梁绍禹拍拍延延颤抖的小肩膀，淡淡地说：“别怕。”

说完之后，抬眼看胜男，满眼掩饰不住的心痛：“你的头发？”

胜男转移话题道：“你能开口说话，太好了。”

梁绍禹微笑，阿火打断道：“医生今天刚准他下床，他练习了一天发声，晚上就让我把他送来了。”

胜男蹲在轮椅前，嗔怪道：“快点回医院。”

梁绍禹吃力地抬起右手，抚摸着胜男钢丝般的头发：“延延的事情，我来想办法。”

胜男忙问：“什么办法？”

梁绍禹神秘一笑，努力握住胜男的手。

“在没有百分百的把握前，保密。”梁绍禹说完之后，缓缓回头看一眼阿火，“时候不早了，咱们该去下一站了。”

胜男急忙问：“你们去哪里？”

梁绍禹淡淡望一眼胜男，再次艰难地吐出两个字：“秘密。”

胜男一把拽住轮椅扶手，一脸的心痛：“我求你今晚回去休息，如果是为我们，明天白天也不迟，你要真的再有事，你让我们……怎么办。”

梁绍禹冷笑：“我的身体还没差到那种地步。”

胜男只得将他的围巾拢紧，叮咛道：“注意身体，谢谢你。”

梁绍禹一扬眉，一脸无辜地指着自己的脸：“怎么谢？”

延延跑上去，冲着梁绍禹略带苍白的脸颊便亲了一口。

“梁爸爸，我们送你。”

延延挥动着两只小手臂，一垫脚，刚够到轮椅的后背，小手抓一把扶手，滑下去，再抓一把扶手，再滑下去，乐得阿火哈哈大笑，刮了刮延延的小鼻子。

延延握着梁绍禹微凉的大手，像是四年来握着胜男的手一样，不舍得松开。送至车前的时候，梁绍禹冲母子三人微笑：“你们回去吧。”

胜男望着轮椅上的梁绍禹，心中一阵刀割似的痛：“我们看着你们上车。”

一个小时之后，阿火将车驶入一个豪华别墅区。此刻，梁绍禹向来英俊温和的脸变得冷峻异常，像是一座迅速冷冻起来的冰山，阿火看一眼梁绍禹的脸，甚至觉得，此刻梁绍禹呼出的空气都是凉的。

周家的别墅在夜晚的反射灯中散发出咖啡色的光芒，门卫视乎是认识这款车，二话不说将大门大开，驶入别墅之后，阿火只觉得轮胎下的石头颜色在暮色中依旧可见颜色淡雅，忍不住问梁绍禹：“喂，这不是耶路撒冷石头吧？”

梁绍禹并未回答。

驶过冬天依旧在淌水的许愿池，阿火将车停下，看了一眼梁绍禹，依旧是满身的寒气：“喂，你不至于吧。”阿火无奈道，将梁绍禹扶抱到轮椅上，两人敲开大门的时候，阿火便被迎面而来的宫廷华贵气震住了。

满眼的中外古董瓶，偌大的客厅，中世纪的象牙家具，桃花心木墙壁，黄花梨木的楼梯……还有，古董沙发上是吹胡子瞪眼的周老爷子和似乎是被罚站的周家二世祖。

“儿子，你回来了？怎么不在医院好好休息？”周家老爷慈祥地微笑。

“我来给送样东西。”梁绍禹微笑。

“哎？大哥？你这么快就能说话了？”周绍勋瞪大了眼睛。

梁绍禹继续微笑：“对不起，未能如你所愿。”

周老爷子慈祥的笑脸迅速耷拉下来：“绍禹，你想说什么，立刻告诉爸。”

阿火从棉衣里掏出一个公文袋，周老爷子一把接过来，撕开封条，看完医疗化验报告之后，下巴微抖：“绍禹，你是说，你的身体突然这样，真的是这个小畜生干的！”

梁绍禹面无表情，一脸的冷峻：“这你得问他了。”

“没有啊！我哪有这本事换你的药！”周绍勋急忙后退一步，大叫抗议道。

梁绍禹若有所思：“咿？你怎么知道我们说的化验结果是药的问题？我只是将你找来记者报道我生病的事打印在了纸上而已。”

周二世祖挥舞着手，大叫：“我……我猜的！”

“够了！”周老爷子呵止道。

梁绍禹仰头直视着亲生父亲冷笑：“周先生，你管儿子之前，最好给他树立个榜样。有人之前怎么答应我的？”

周老爷子柔声道：“绍禹你说什么？”

梁绍禹冷笑：“不就是不容外姓人分享你的家产吗，你若不肯帮这个忙，我保证以后我所有的孩子，全部不是你的孙子孙女！”

周老爷子依旧不动声色：“你误会了。据我所知，区律师的徒弟是很优秀的……”

梁绍禹打断道：“答应我的事，你若遵守诺言，我保证周绍勋少爷的事情不见报。”

周老爷子一怔："你……你敢威胁我！"

梁绍禹无辜而温柔地笑："当然不是，爸。"

梁绍禹开始躺在病床上处理公司的事务，这种感觉亲切却又陌生，陌生的是，需要别人当他的手，熟悉的是，这是他热爱的事业。

如他所料，一大清早，张颖便将门铃按得如警报一样响，此时，胜男刚煮了半锅比手指还粗的大虾，红澄澄的虾弯腰躺在锅里，另一个灶炖着香喷喷的红豆栗子粥。暖性寒性食物搭配相宜。每次让延延吃螃蟹的时候，她会浇上新鲜的姜醋汁，吃扇贝的时候，延延也照例会在睡前喝半杯热腾腾的牛奶或豆浆。

可是，香喷喷的栗子红豆粥还没熟，便迎来了恶神。

胜男冷冷地道："让孩子吃了早饭再走。"

张颖径直往卧室里冲，被胜男一把挡住："干什么！孩子那么小，让他再睡会儿！"

张颖一把甩下胜男的胳膊："那也让他回我家睡！"

两人正说着，文文的门开了："妈，大清早的，谁家的母狗汪汪叫啊？"

张颖一听，花容失色，指着文文气哼哼地道："你就是这样教孩子的？"

三个人正说着，只听卧室里延延喃喃低唤，小猫一样："妈妈，哥哥。"

胜男一听，脸刷的一白，她知道，一旦延延发出这种呻吟似的叫声的时候，一定是又是发高烧了。

顾胜男冲进卧室，一摸延延的脑袋，果然烧得像个小火炉似的，胜男一把拉开抽屉，摸出两片退烧药喂进延延嘴里，文文也急忙送来一杯水，胜男抱起延延来便道："快送医院！"

张颖看得有些迷茫。

“喂，怎么这就送医院，你们那么娇贵孩子，他怎么能不生病！”张颖慌乱地埋怨道，“孩子的体质都是这样被你们宠坏的！”

“你给我住口！谁害他才七个月大就出生的！”胜男大骂着。

张颖一语噎住，只得充当司机。到医院之后，胜男抱着延延便去挂号，待两个母亲看着孩子打上点滴，安详入眠之后，胜男皱起的眉心方才稍稍平复些，待到延延睁开眼睛，冲着胜男微笑之后，张颖立刻下了逐客令：“对不起，一周一次的探视时间到了。”

延延的眼泪立刻从眼角淌出来：“妈妈，我要妈妈！”

胜男决然道：“我要等他退烧再走，这里是医院，你无权管我。”

张颖只得心虚地不作声，延延眉开眼笑地挥手着小手：“妈，给我讲故事！”

张颖刚要开口，却见胜男握着孩子没有打点滴的手，慢慢地讲：“从前，有个十五岁的男孩子，名叫樱木花道，樱木花道有一米八八的身高，美丽的女孩子一见他就知道他适合打篮球，他有结实的肌肉和一头火红的头发，打篮球的时候，他跳得很高，甚至可以从两米多的人手里抢到球，你说，他是不是很厉害？”

延延点头：“很厉害！我也要做这么厉害的人！”

胜男抚摸着延延微烫的额头，继续柔声说：“延延要努力吃饭啊，樱木花道大哥哥一顿饭可以吃很多很多东西，所以才那么强壮，不生病，他还喜欢运动，他跑步很快，而且还可以把冠军摔跤运动员摔倒，所以……”

胜男鼻子一酸。

“所以怎么样？”延延瞪着略微有些精神的大眼睛好奇地问。

“所以，即便妈妈和哥哥不在身边，你也要坚持早上起来练跆拳道。”胜男勉强微笑。

延延一听，眼泪又像珍珠似的淌下来：“妈妈，我要你和哥哥陪我练。”

胜男强忍着眼泪，一面给延延抹着满眼亮晶晶的小珍珠一面说：“延延，你是男孩子，不准哭。”

正在这时候，胜男的手机铃声响起，接起来，却是声音急促的家琪：“胜男，你快来XX医院！”

胜男心下忽地一坠：那不是梁绍禹的医院吗？

“怎么了？”胜男急得跺脚大声问。

第十六章　相知相许，岁月新凉

“让你过来你就赶紧过来，哪有那么多怎么了，来晚了你会后悔的！”家琪在那边扯着嗓门大声叫嚣道。

胜男一惊，嘴唇刷的一白，看了一眼延延，点滴打了不到一半。

“去吧，这里有我。”张颖不冷不热地说。

“妈妈，是梁爸爸吗？”延延瞪着大眼睛问。

“不，不是。”胜男一面说着，声音干得发涩。

说完之后，一把抓起外衣，歪歪扭扭地胡乱套在身上，却盯着病床上正在打点滴的小宝贝，挪不动脚。

“再说一遍，我是亲妈。”张颖头也不抬地说，“那边忙完了别忘了把延延的食谱告诉我。”

胜男用力点点头，飞身跑出长长的走廊，飞奔出医院，拦下一辆出租车，使劲敦促着司机：“快，去XX医院！”

司机不动声色地看了一眼刚离开的医院，加大油门，胜男微微带着哭腔，再次打家琪的电话，却是无人接听状态。

再拨，仍旧无人。

胜男拨通了周老爷子的电话时，双手几乎都酥软成一团沙子了，周老爷子在电话那边一派和气：“是胜男啊，有事吗？”

胜男焦急地问：“周先生，绍禹到底怎么了？”

周老爷子道：“下午的时候他还好好的，还在召集几个市场总监讨论公事。”

胜男的声音哆嗦着：“可是，我听他们公司的人说让我赶紧去医院，我以为出事了，电话也打不通。”

周老爷子也急了：“有这事？那医院的专家们怎么没给我打电话？”

胜男努力稳住情绪，说：“那请周先生问一下医院那边好吗，我正往医院那边赶，马上就到了。”

电话那头迅速变成忙音，胜男望着窗外一座座看上去亦微微颤抖着的高楼，四年前的场景历历在目。

“我死之后，也不要难过，找个好人嫁了。你还记得吗，村上春树在《挪威的森林》里说过，死只是作为生的一部分存在，我只是换了一种存在方式而已，我的骨灰都有你身上的味道。无论你做什么，我都会以另一种沉默的方式支持你，祝福你，我期许的是你最大化的幸福……”

想着想着，胜男抱着自己的双腿，心越来越凉。

胜男的上牙不停地与下牙击打着，她的腿脚也抑制不住地跳着踢踏舞，她倚躺出租车的后座上，想起与梁绍禹的相识，苦笑着，便将整个人蜷缩在腿上了。

“需要上车吗？”

第一次见面，一声滑糯的问询，胜男以为他的少游回来了。

第二次见面，他晕了过去，倒下的那一刻，胜男真的以为少游已化作另一个王子来到她的面前。

他们还未曾相爱，求求老天，千万不要把他收回去！

胜男一边祈祷着，手一松，手机滑落在出租车的地毯上。

出租车驶入医院，胜男踏上电梯的时候险些跌倒。

脚踝吃痛着，胜男已顾不得了，不停地在心中暗骂着一层上几个人的电梯，直到自己下电梯，噌噌地跑到梁绍禹的病房门口，门是虚掩着的，里面漆黑一片。

一推门，骤然间，病房内雪亮一片。

胜男只听得一群人开始唱歌："happy birsday to you，happy birsday to you……"

整个病房，顿时充满了八音盒放出的悦耳的生日歌。

胜男放眼一看，只见文文、家琪、梁绍禹，还有梁绍禹的秘书正一起满面笑容，唱着生日歌，对着有28层的生日蛋糕拍掌，胜男这才想起，今天是自己的生日。

一颗大石头，终于轻松落地。

梁绍禹今天的气色稍微好了些，半卧在病床上，满眼漾着笑。

正在这时候，文文将一只小盒子掏出来，放在胜男眼前："妈，生日礼物！"

胜男打开一看，是一瓶眼霜。

文文指着胜男的眼角："喂，你最近好像稍微有点眼纹了，要爱惜自己！"

梁绍禹的秘书亦是变出一个包装精美的小盒子，打开，是一只香奈儿的唇膏，女孩笑说："胜男姐，女人的嘴唇很重要。"

家琪耸耸肩，从衣袖里掏出一只长条的盒子，一双小眼睛熠熠生辉："不准打开！"说完之后，一帮人的眼光齐齐扫向梁绍禹，梁绍禹慵懒地指着窗台上的一个长方形的大盒子："一双长靴，天冷了。用鞋子套住你，不让你跑了。"

胜男一听，脸上微微泛红，正在这时候，忽然听到一声桀骜的年轻男子声音："我说大哥，你可真会哄女人开心，怪不得会跟女人上床之后被换了药，导致不半身不遂呢！"

偌大的病房突然就静得可怕，仅剩下八音盒的音乐微微弱弱地轻鸣。

家琪笑道："败家子来了啊！"

周绍勋瞪一眼家琪，笑笑："至少我还没败掉这个家，你呢？"

家琪怒道："你说什么！你个败家子！我是被人陷害的！我现在可是有你们家广告公司百分之四的股份！"

周绍勋哈哈大笑："哈哈哈，才百分之四啊，我爸现在可是有……"

周绍勋还没说完，便觉得脸上火辣辣的，却见胜男放下拳头，冷笑道："这里不欢迎你，请离开。"

胜男一边说着，同家琪一起将周二世祖推出病房，随着关门声，众人听到一句在电视上听过无数次的话："你们给我等着！"

饭后，几个人收拾残局时，剩下梁绍禹自己倚着又厚又软的枕套，瞟一眼床尾处的轮椅，一双眸子黯淡下来。

医生允许他下床之后，不是没有尝试过，可是，左半边身子千斤重，稍微一挪动，便满身大汗，被别人扶着挪出三步之后，便再也没有力气向前，右半边身子更像完全不是自己的一般，像是砧板上拿下来的肉，随着身体的另一半随意摆动，那双修长的脚，更是翻来翻去，像棉花做的一般，拖在地毯上。

梁绍禹苦笑。

医生说他很年轻，会恢复的程度好一些，甚至恢复80%以上，也会恢复快些，可是，这要到什么时候。

"喂，去吃饭。"梁绍禹想着想着，便见胜男走到自己面前，准备把轮椅推到床头，将梁绍禹的一只胳膊绕到自己脖子上。

“我自己来。”梁绍禹抗议道。

胜男便将他的胳膊放下，“那好，你自己来。”

梁绍禹强撑着左胳膊坐直，吃力地挪自己的双腿，他企图扶着床站起来，可惜一脱力，整个人瘫了下去。

胜男一把扶住梁绍禹，他将半扶半抱到轮椅上，垂下头帮他整理睡衣：“看来你得好好练习了。”

梁绍禹一把抓住胜男的手，直视着胜男：“以前我像玉树，现在我像歪了一半身子的迎客松，如果我一辈子都这样，你会跟着我吗？”

胜男一把抽出自己的手，扶着轮椅扶手，将梁绍禹推向接待室：“你敢好不了，当心我的大力金刚掌。”

梁绍禹勾起唇角，正在这时候，听到接待室里文文震耳欲聋的呼声：“哇！！不是吧！！”

两人急忙进屋，却见电视的节目上，周老爷子正襟危坐。再看女主持人，亦是一脸的惋惜：“也就是说，周先生真的要和儿子断绝关系吗？”

周老爷子一脸的义正词严：“是的，我周世舫没有这样的儿子。我为他的种种行为感到深深的遗憾，尤其是……”

梁绍禹一听，心下一沉。

家琪和女孩面面相觑。

“你爸为了自己家的生意和声誉，儿子都不要了。”家琪忍不住摇头叹道。

梁绍禹冷笑。

“你别笑啊，我觉得这事儿惹怒了败家子，你很不安全！”家琪一面往嘴里塞鸡腿一面道。

空气忽然像凝固了一般。

忽然，外面响起一阵急促的敲门声。

家琪大叫道："不会是那个败家子来了吧！"

梁绍禹略一思忖，说："应该不是。"

家琪一拍脑袋："也对啊，就是他知道了，要做什么行动也得准备一下。"

文文眼珠子一转："没准是周老爷子派保镖来了。"

家琪一拍文文的脑袋："你果然电视电影看多了！"

几个人正对敲门声猜测着，忽然，门自己开了，几个人急忙将梁绍禹团团围住，却见那四个身高都在 180 以上的男人高大魁梧，果然像保镖。

"你们不用怕，我是周老先生派来保护周少爷的。"为首的一个郑重其事地说。

梁绍禹冷笑："是啊，就剩下一个儿子，万一出点差错就无后了。"

为首的那个人礼貌点头："周少爷放心，我们会保护你。"

梁绍禹道："抽出你们两位，去保护一个小孩子可以吗？"

胜男心下一热。

"我想这是不可以的。我们的任务就是保护你。"保镖的语气亦是礼貌而坚决。

胜男一把抓起电话，拨通了张颖的电话，只听张颖问："胜男，你的虾是怎么做的？"

胜男忙说："你可以把延延带到 XX 医院吗？现在有一些事故，我怕延延有危险，这边正好有保镖……"

"你胡说什么？抢孩子也不用编造这样的谎言吧？" 张颖气愤地说，说完之后，便将手机挂掉，一边给延延穿白色的小羽绒服，延延的大眼睛像葡萄一样黑黝黝地闪烁："我妈妈从来不说谎。"

"哪个大人不说谎？"张颖没好气地说，说完，便要抱起延延离开医院，张颖身材娇小，不像胜男那般高挑力壮，抱着被她包成粽子的延延，热得她脊梁后冒出一堆汗液，衣服贴在身体上，寒风一吹，冻得她打哆嗦。

刚将延延抱上车，手机铃声再次响起，这次的号码有些陌生，张颖犹豫了一下，接起来，只听一阵大骂："泼妇，让你把延延带过来你就带过来，哪那么多毛病！我告诉你，周家的这个败家子的无情爹刚和他断绝父子关系，梁绍禹是周家唯一的儿子，你们都很危险！"

张颖愣了一下，终于还是将车往医院的方向开，待四周的景致在寒风中越来越熟悉，延延高兴地从座位上跳起来鼓掌："嗷嗷嗷，可以看到妈妈和梁爸爸喽！"

张颖狠狠地瞪了孩子一眼。

可是，在医院门口，路被一辆奔驰挡得严严实实的，只见一个年轻男子正堵着路在车上讲电话，张颖忍不住使劲地按车喇叭，然而，车内的人眉头一紧，却丝毫没有让路的动作。

此人面熟，一张英俊帅气的脸，神情桀骜而嚣张。见他依旧没有让路的自觉，张颖刚要继续按喇叭，手刚落下，却又迅速抽回。

"延延，趴下。"张颖吓得急忙命令道，"前面有坏人！"

延延乖乖地蹲坐在座位下面，张颖摸出手机，便拨通了胜男的电话号码："胜男，你以前的男朋友是这片的刑警吗？周绍勋就在医院门口，让人把他抓起来啊！还有，快让保镖来接我们！"

胜男一听，心道：真不愧是张颖。

十分钟之后，终于听到那个稚嫩而略带早熟的童声："妈妈！梁爸爸！"众人松了一口气。

延延进门，冲着胜男就奔过去，张颖一咬唇，进门道：“孩子要在这边多久？”

“你现在是要孩子的安全还是要守着个死孩子！”家琪气得大叫道。

就这样，文文和延延，这一晚不得不待在梁绍禹的病房。这个病房不错：厨房都要和家里的厨房一样大了，还有会议室和卧室，文文先是和延延一起跳迈克尔杰克逊的舞，跳累了，便搂着延延睡在卧室，胜男陪着梁绍禹在外面病房，如果不提那四个保镖，暖烘烘的暖气烤得整个屋子犹如温暖小窝。

第二天，保镖送文文去上学，一大早便来了几个策划总监和营销总监，以及几个策划文案，会议开完之后，胜男便要扶着梁绍禹起来练习走路。

梁绍禹摇头，微笑：“好累啊，让我休息会儿。”

延延一面吃蛋糕一面说：“梁爸爸好懒。”

梁绍禹只得懒洋洋地伸出一只胳膊:“做手臂运动可以吗？”

两人正说着，梁绍禹听到自己的手机铃声伤感地响起，胜男接起来，桀骜的声音迅速穿入自己的耳膜：“周家大少爷，能接电话了啊？可惜你的继子以后就听不到电话声了，看不到电话了”

梁绍禹一惊，看了一眼延延，只见他正在用舌头舔蛋糕，忽然便想起另一个大孩子：“文文！你把文文怎么样了！”

第十七章　最美邂逅，情约今生

“啊！文文！”胜男一听，急忙将耳朵凑到梁绍禹耳边。

“没有啊？我请他喝茶都不行？”周绍勋无辜地说，说着便把手机凑到文文耳边。文文嘿嘿一笑，将修长的脖子一扬：“梁叔叔啊，你放心，他不敢怎么着我，他杀掉那个下岗职工是误杀，要是随便碰我一下子的话，可是故意杀人，要偿命的。”

“那又怎么样！”周绍勋一把将电话收回，冷笑：“今天下午四点，你按我指定的地方来，一人换一人，你敢叫警察，就死定了。不准带保镖，自己来！”

梁绍禹略一思忖，说：“托你的福，我现在哪里也去不了呢，怎么办？”

“那你和那个女人一起来！”周绍勋吼道。

文文松松自己被绑得发麻的肩膀，笑说：“真笨。”

“你不想活了？”周绍勋将一支枪指着文文，文文的太阳穴处迅速顺着枪口滴下一大颗汗珠。

文文继续嬉皮笑脸，惊讶地说：“你怎么没看过三国演义啊？真是的。孙权本来想把刘备囚禁在东吴，才把妹妹许配给他的，舍不得孩子套不着狼，你再妒忌你大哥，也得放下你的面子啊，这点付出可比蹲大牢好多了吧。你就不能对你哥哥好点，让他给你向老爷子求求情什么的？另外，你就这样杀了你哥哥坐了牢，有再多的财产，你在牢中能花多少？”

周绍勋的枪口力度稍微弱了些。

“万一你家老爷子觉得丢人，把财产都捐给慈善机构怎么办？别看我，他的性格你比我了解啊。”文文一脸的无所谓。

“住口！”文文的脑袋被狠狠打了一下。

周绍勋继续对梁绍禹道：“下午四点！给我老老实实开机！”说完之后，电话迅速变成忙音，再拨过去，已然关机。

胜男摸出自己的手机：“张颖说得对，我们也认识警察，我这就找凌查理！”

延延眨巴着大眼睛：“哥哥很聪明的，他有办法！”

“可他还是孩子！”胜男眼圈一红。

另一边，文文正哼着歌琢磨。

“大哥，我好渴啊。”文文扭动着捆绑自己的凳子，不停地说。

“渴不死。”周绍勋冷冷地道。

这里是北京郊区的一间民房，没有琳琅的白兰地，没有红酒，也没有纯净水，更没有上好的冻顶乌龙和龙井，他什么都不想喝。

“我要喝酒，我要吃牛排。”文文不停地说。

“你找死是吗？”周绍勋拿枪把随便地打了文文一下。

“你打死我都没用。回去求你老爸吧，或者让你哥帮你求情，你以为你还能安稳当周家少爷吗？让你老爸找律师给你好好打官司，你还能少坐几年牢。出来之后，你还能锦衣玉食。”文文见周绍勋开始吹口哨。

“让你闭嘴，你聋了吗！”周绍勋一脚踢在文文的小腹上。

“好痛！你才比我大几岁啊，你至于那么凶吗。”文文惨叫。

医院那边，梁绍禹轻轻望着远方，说：“胜男。我给你讲一个故事。”

胜男点头："好。"

可是，梁绍禹望着那窗外的天，凝神许久，终究无法开口。

"很悲伤难过的故事吗？那我不听了。"胜男急忙说。

梁绍禹勾起唇角，望着远方，滑糯的声音便从那迷人的喉腔中吐出："有一个女孩子，她的姐姐是20世纪70年代的大明星，红极一时。她长得很漂亮，却不如她的妹妹，她的妹妹虽然生在演员世家，却不想从事表演，一心一意地在工厂勤劳工作。"

"然后呢？"胜男问。

"女孩的姐姐嫁给了一个英俊的富商，之后，便处于半退休状态，直到怀孕小产再也不能生育，女孩子去照顾姐姐，之后，女孩再也没有在姐姐家出现过，无论什么节日。女孩十个月后，生出一个男婴。在当时，未婚先育是多大的罪过，女孩的父亲嫌丢人，便让女孩从此搬出去住，这个男孩就这样和可怜的母亲生活到十岁，直到男孩生了一场大病，几乎要死掉，可怜的年轻母亲这时候才去找自己的姐姐，于是，真相大白，那个男孩子居然是姐夫的儿子。原来，可怜的女人当年为了不破坏姐姐和姐夫的感情，被强奸之后一直没有透露半点风声。"

"怪不得你那么恨你父亲。"胜男从梁绍禹的眸子里洞察到浓浓的悲凉。

梁绍禹的声音开始有些不平衡："可是，10年之后，男孩子的姨妈已经不复青春美貌，这个英俊的富商却越来越有成熟男人的魅力，有个刚出道的女明星更是使尽浑身解数来挑逗他，富商又怎么经得起美貌少女的勾引，年轻的女演员是怀着三个月的身孕嫁入周家的，男孩子的姨妈忍受不了离婚之痛，自杀了。男孩子的亲生母亲也后悔自己当初没怂恿姐姐离婚，怀着深深的内疚生活，在男孩子18岁那年，得了肝癌去世，男孩子怀着丧母之痛毅然去了法国，那个昔日抢夺来丈夫的女人，也因受不了丈夫身边的莺歌燕舞而遁入空门。可是，富商对自己的大儿子却是始终关注，哪怕他改随母姓，所以，他的小儿子一直深深痛恨他的大哥。”

“原来是这样。”胜男握住梁绍禹微微发凉的手，心中痛着。原来，梁绍禹的童年竟是如此忧伤。

“在我印象中，绍勋只不过是个抢别人玩具的孩子，想不到，他现在已经变成这样了。”梁绍禹沉沉地叹气。

“你刚才想到的办法是什么？”胜男忍不住问道。

梁绍禹不语。

几个人开始不断地望着墙上的表、手机上的表和腕上的表。

三点半的时候，胜男拿来外套：“要换衣服吗？”

梁绍禹摇头。

三点四十的时候，胜男又问了一遍，梁绍禹继续摇头。

三点五十的时候，梁绍禹丝毫没有动身的意思，可是，四点整的时候，一帮人听到了战战兢兢的敲门声。

“大哥，是我！”保镖将梁绍禹团团护住，胜男抱着延延，手里捏着一把汗。

为首的保镖冲众人点头，之后，将门敞开一道缝。

周绍勋冲着门缝大喊：“大哥！求求你，救我！”

这一声，叫得梁绍禹浑身一热。小时候，他会带着弟弟在花园里玩，弟弟最喜欢的玩具不是日本或者美国带回来的玩具，却是他亲手做的船模。

“这些破玩意儿有什么好玩的！让爸爸下次去美国给你带比人还高的机器人！”弟弟的妈妈如是说。

周绍勋没有挟持着文文，文文是自己走进来的，和胜男、延延抱成一团。

“大哥，帮我和爸爸求情好不好？把你害成这样，对不起。”周绍勋走到床前，一把抓住梁绍禹热乎乎的大手。

“可以。”梁绍禹说。

正在这时候，病房外又有人敲门：“开门啊，我是延延的妈妈！”

保镖门只得去开门，周绍勋扭头看了一眼，这个女人的照片他见过，和哥哥的女人打官司的女人，她身后还有一个高大白皙的警察，凌厉的细眼，锐利的脸。

就是这个警察拘留他的。费了好大劲，区律师才将他保释出来。周绍勋感觉一股热血从脑门涌上来。

“你们耍我！”

周绍勋嗖地从胸前掏出一把勃朗宁，冲着那个女人便开了一枪。

英俊的警察还未反应过来，张颖便倒地了。

“亏我还叫你大哥！”周绍勋大骂，一枪对准梁绍禹。

“放开我！”

文文迅速将胜男和延延死死搂住，将两人严严实实地按在地上。

周绍勋哆哆嗦嗦地扳机扣动，一闭眼，一个金属子弹从枪膛射出。此时，他的心脏像是被一把剔骨刀割一般。

记忆中，周绍勋最大的心愿便是能和大哥一样帅，可是，他小小的胳膊腿怎么也长不了哥哥那么修长。

“哥哥，你教我打篮球好不好？”绍勋记得小时候，从幼儿园放学便要去哥哥的高中，懵懂地看一帮女声为他尖叫，为他把脸都喊红了。

“没问题。”挺拔英俊的哥哥蹲下 ，用漂亮的大手拧他的小鼻子。

“大哥，我要你的限量版球拍，送我吧。”绍勋记得，自己小时候，哥哥有时会和老爸一起打网球，直到和爸爸大吵一架后，便再也没回家了。

“那你得好好打球。”大哥在午后的阳光下微笑，毫不犹豫地将他最喜爱球拍送到绍勋的小手中，那是父亲送他的限量版球板，还有他挚爱球星的签名。

大哥，你真的要死吗?

周绍勋强烈喘息着，企图任那颗金属子弹冲向曾经那样疼爱自己的亲哥哥，却又瞬间睁开双眼。

周绍勋只觉得，自己的四肢化作无数只手脚，一起扑向那颗子弹，他的手又痛又痒，他的脚又痒又麻。

“不要！”

周绍勋再也忍不住，他挥手倾身想去抓那颗子弹，然而，子弹的速度太快。

不知是警察的子弹还是保镖的子弹，迅速穿入周绍勋的手腕，他手臂一软，勃朗宁迅速从手里滑下，手枪带着四射的寒光，落入厚厚的波斯毛毯中，落地，无声。落地的枪被凌查理一脚踩住，踩得严严实实。

一声细微的金属碰撞声，在一瞬间安静下来的病房里，激荡入耳。

周绍勋睁开眼，只见在梁绍禹身边的保镖巧妙地扳动自己的手枪，子弹飞向不知名的地方，他的大哥，则是安详地躺在病床上，毫发无损地望着自己，一脸的痛。

“给我坐下！”梁绍禹怒喝道。

周绍勋长吐一口气，乖乖地坐在离床不远的沙发上。他的双脚不停地晃着，自己想停都停不下来。

“闹够了没有？你以为你还是五六岁的时候，全家人都要陪你过家家？今年二十五周岁了吧？还是小孩子吗！”梁绍禹厉声道。

周绍勋耷拉着脑袋，不作声。

梁绍禹深吸一口气，语气稍微平和下来：“绍勋，看着我。”

周绍勋的头几乎要低到自己的两腿间。

“给我抬头！”梁绍禹怒呵。

周绍勋乖乖抬头。

梁绍禹吃力地抬起自己的左胳膊：“你知道的，哥哥是左撇子，小时候教你游泳、打网球、打篮球都是用的这只手，这是你哥现在唯一能动的手，这都是拜你所赐。”

周绍勋不吭声。

“你小时候不是这样的。你记得你五岁的时候吗，你妈冤枉我将家里的一只明朝的瓷器打坏了，你大哭着对爸说，‘不是哥哥打碎的，是勋勋打碎的！’你还记得吗？那时候的你，多善良。”梁绍禹微笑着回忆道。

“那时候，你眉清目秀，又是个小绅士，很多女孩子都想到家里找你玩，后来，你却交了许多狐朋狗友。”

“我没有！”周绍勋争辩道。

梁绍禹淡淡一笑，一扬下巴道：“你看，你刚才举枪伤人的时候，打的不是要害的地方。”

大家这才将注意力放在张颖身上，只见她倒在地上，捂着膝盖，疼得已喊不出声音。

凌查理这才发觉，只得将这个娇小的女人扶起来，冷冷地道：“你们看好犯人，我送她去急救！”

“你眼角的泪痕还没干。”梁绍禹继续说。

“你胡说！”周绍勋跳起来，擦一把自己的眼角。

梁绍禹略一思忖，道：“那个警察根本不是我们找来拘捕你的。你投案自首吧。”

周绍勋激动地大叫：“我不要坐牢！”

正在这时候，胜男觉得文文抓住自己的手越来越软，低头一看，只觉得眼前红光一片。

“文文！”胜男看到文文的胸前全是血，脸上汗如雨下。

“妈，好疼啊。”文文忍不住叫道。

“哪里来的子弹！”胜男突然想起刚才两只子弹的撞击。

“快送去急救！”一个保镖背起文文便往外冲，胜男和延延亦步亦趋地跟着，延延一声声抽泣着，胜男眼睁睁地看着文文被推入手术室，眼前一片山洪……

三天之后，在家琪的帮助下，文文被火化。当胜男拿到骨灰盒的时候，说什么也不相信那个活泼滑头的儿子，那个已经170厘米的男孩子竟然被烧成这样一点大。

胜男带延延去看张颖，她的腿被厚厚包了一层，张颖凄凄地笑：“幸好可以换人工膝盖。”

胜男说：“我要带孩子去上海，我要安葬孩子的哥哥，这事必须孩子出面，而且，你现在真的不适合照顾孩子。”

张颖无力地笑笑：“带他去几天吧。记得给我送回来。”

延延握爪张颖的手：“张颖妈妈你快点好起来吧，我要去送哥哥。”

这个冬天很冷，胜男带延延去上海的那几天，两个人冻得缩成一团，心里空荡荡的胜男便带着孩子去了三亚。

胜男带延延，从市里打车，10块钱便到了离市区8公里的地方，吃鲜鱼汤，鱼汤是用大汤盆盛着的，干净的井水，在汤中加入酸杨桃、酸豆、西红柿，海鲤鱼的味道带着浓浓的海洋气息，甚至有椰子的味道。再点几道小菜：炒牛柳、牛油空心菜、炒鲜鱿，外加椰子饭，吃饭期间，收到一条短信：澳洲的春天降临，可惜，邀她同往春之南半球的人不见了。芳草萋萋，袋鼠正在大片绿地上蹦跳着欢迎你。

胜男狠狠地迅速删掉短信，却将手机紧捂着，捂得整个手机都冒着汗珠。

胜男学会了"敷衍"一次，每次张颖打电话，她会微笑着在电话的另一头说："我们马上就回来了。"可是，挂掉电话之后，胜男便领着延延在天涯海角散步，赤脚踩在松软的沙土上，茂密的椰叶偶尔会遮挡一下太阳，大石头背面，胜男搂着延延静静地倚着，想起四年来在风雨中跑医院，每天早上为孩子准备的早餐，胜男心中便如那又绿又蓝的海水，微微涌动着，胜男努力不让它波浪滔天。

胜男带延延回了姥姥家。

胜男又带延延回奶奶家过年。青岛的冬日，一大早便由厚厚的一大片云雾笼罩，像十九世纪的伦敦，青岛冬日的海，颜色深，深得孤独。

两个老人无一不指责胜男："那事怎么能怪梁绍禹？又不是他开的枪，他为了你牺牲了那么多，你难道还不心动吗？"

胜男苦笑。

梁绍禹不是没有再找过她。不定期的，他总会发来一条缠绵悱恻的短信："今冬，北京的雪下得很大，天也很冷，冷得像没有了女主人的花园，樱花沉睡了，杜鹃冬眠了，就连蝴蝶兰也不胜严寒，枯萎了，我想，是因为女主人的泪灼伤了她们。真想拭去女主人脸上每一滴坚强的泪，真想温暖这个受伤的女人，所以，京城的羽绒披风从天而降，回来吧。"

“我已可以回写字楼，可是，请了一个得力助手，人就闲了许多，闲下来的时候，就想起一首幽雅的民歌。那是落日黄昏的沙漠中，月亮升起的时刻。是河，又是轻畅的舞曲，已经准备好一双钢铁般的鞋子让你踩，直到握紧你的手，铁鞋也被你踩坏。”

每次读到类似的短信，胜男双手捧着手机，反复吟诵。每一个字，每一句，她都奉若神明。夜阑时，她闭上眼睛，反复背给自己听，想起某个背不准的字，再次开机，将手机屏幕贴在脸上，脸冰凉，没有那人的温度，将手机贴在唇边，手机是平的，没有凸凹，没有微翘的性感嘴唇。

胜男搂着手机在怀中，直到头晕目眩，沉沉睡去。梁绍禹，我想你了，很想很想。只是，想起文文，她总是不敢去想。

大年初三的时候，胜男再次带着延延去上海探望文文，热闹的外滩金碧辉煌。

胜男带着延延在江边漫步，扭头回来时，似乎瞄到一个熟悉的身影。

挺拔如玉树，风衣在风中轻摆，只不过，他的手边多了一条手杖，严格地说，是一条拐杖。

胜男猛然间回首，那人却不见了。

胜男牵着延延带着卡通小手套的手，四处找寻，外滩上的外地人多的数不胜数，照相的人无数，惊动着黄浦江，可是，她再没看到那熟悉的身影。

“延延，你有没有看到梁爸爸？”

胜男忽然觉得心跳加速，心焦得她再也等不及下一秒。

延延仰头问胜男：“妈妈，你不恨梁爸爸了？”

胜男刮了一下延延的鼻子：“小傻瓜！”

是的，从来都没恨过，可是，文文的死让她很长时间内无法面对他了。

可是，这些日子，他在她的脑海中，形象越来越清晰，总是和梁少游混在一起。

她将延延的小棉衣裹紧了，决定不再抱他，让他自己走。许是去了许多地方，现在的延延身体比之前好了许多，个头也长高了，晒黑的皮肤看上去健康阳光。

胜男牵着儿子的手，走到江边。

延延冲着黄浦江大喊：“梁爸爸，我想你！”

胜男竟忍不住也大喊起来：“梁绍禹，我想你！”

话刚说完，胜男只觉得有只竹棍之类的东西正在戳自己。

回首时，那人勾起唇角，笑容如初。

是梁少游？是梁绍禹？

一时间，胜男弄不清楚了。她只知道，自己已情不自禁地扑入了那个怀抱。